Hati Batu

Romansa Gargoyle yang Melindungi

Demelza Carlton

Lost Plot Press

Ini adalah karya fiksi. Nama, karakter, bisnis, tempat, peristiwa, dan kejadian merupakan hasil imajinasi penulis atau digunakan secara fiktif. Kemiripan dengan orang yang sebenarnya, baik yang masih hidup maupun yang sudah meninggal, atau peristiwa yang sebenarnya adalah murni kebetulan.

Lost Plot Press

Satu

Selama berminggu-minggu, Ben tidak bisa fokus pada hal lain selain melarikan diri. Melarikan diri dari penjara batu itu. Dia mungkin hanya memiliki palu dan pahat, tetapi dengan semua yang dia sayangi, dia akan membebaskan di ri...

"Untuk sesaat, Anda terlihat seperti gargoyle - Anda berbaris begitu sempurna dengan sayap dan tanduk itu, saya berani bersumpah bahwa Anda adalah iblis ... oh, seperti itu! Seandainya saja Anda bisa melihat wajah Anda..." Torstan tertawa terbahak-bahak.

Ben meletakkan peralatannya dan melirik ke belakang. Ya, gargoyle pertama terlihat cukup hidup, sayapnya melengkung seolah-olah siap untuk terbang, tetapi gargoyle yang kedua ini menghindar darinya. Seolah-olah makhluk itu tidak ingin dilepaskan dari penjara batunya. Namun, memang harus begitu, karena Sir William Burke menginginkan dua gargoyle dalam kebodohan ini, dan tidak akan lengkap tanpa mereka. Dan jika mereka tidak menyelesaikan pekerjaan itu, mereka tidak akan pernah mendapatkan cukup uang untuk membayar perjalanan mereka ke Koloni, dan mereka akan terjebak sebagai petani yang tidak punya uang di sini selama sisa hidup mereka.

"Mungkin aku harus mengukir wajahmu pada gargoyle ini," kata Ben, tetapi bahkan ketika kata-kata itu keluar dari bibirnya, dia tahu dia tidak akan melakukannya. Gargoyle ini terus menghindar darinya. Mungkin bongkahan batu kapur ini menyimpan seorang wanita cantik yang terperangkap, sebuah patung ratu prajurit yang telah lama hilang...

Tidak. Blok batu ini menyimpan semacam gargoyle. Dia hanya perlu mengetahui seperti apa bentuknya, melihat gambar di kepalanya yang ada di batu itu, dan dia akan bisa mengiris-irisnya sampai dia bisa membebaskan makhluk itu.

Dan dia dan Torstan bisa bebas. Pemilik tanah, petani dengan haknya sendiri, tidak terikat pada ksatria atau penguasa yang tidak lebih baik dari Stone bersaudara, tidak peduli apa pun yang mereka pura-pura. Di mana semua orang bebas dan setara...

Torstan membersihkan tangannya. "Selama itu cukup mengerikan untuk menyenangkan hati Sir William, ukirlah wajah apa pun yang Anda inginkan. Setelah kupikir-pikir... yang pertama memang sangat mirip dengan Dunstan. Tatapan mata sipit yang dia dapatkan, tepat sebelum dia akan memarahi kami tentang kenakalan apa pun yang kami lakukan ketika dia membantu Ayah di pertanian."

Ben menyipitkan mata ke arah gargoyle itu. "Sore itu kita pulang lebih awal dari sekolah dan kamu memutuskan apel-apel itu sudah siap dipanen, meskipun masih terlalu dini... Aku percaya padamu, dan kita memetik satu gantang sebelum aku menggigitnya dan menemukan bahwa kamu salah... itulah ekspresi yang ada di wajahnya saat itu. Seperti setan yang datang untuk menyeret kami berdua ke dalam kebinasaan kekal."

Torstan menghela napas. "Oh, apa yang akan kuberikan untuk salah satu apel itu sekarang. Karena itu, kita harus berlayar sebelum mereka matang tahun ini. Jika kita bisa menyelesaikan pekerjaan ini."

Ben berhasil tersenyum. "Pasti. Dan kami akan menulis surat kepada Dunstan, untuk memberi tahu dia di mana dia bisa menemukan kami di Stone Farm yang baru, jadi ketika dia selesai berlayar, dia bisa menetap untuk bertani bersama kami."

"Ya, ya, tapi tidak akan ada Stone Farm sampai kita selesai dengan kebodohan ini. Kamu harus mengukir gargoyle, aku harus membangun tembok, dan waktu kita hanya sedikit. Lakukanlah!"

Ben melakukan perkiraan terbaiknya untuk membungkuk dengan sopan, seperti yang ia bayangkan dilakukan oleh para bangsawan di London terhadap gadis-gadis yang mereka taksir di sebuah pesta dansa. "Ya, Tuan Torstan. Segera!"

Sejenak, tawa membahana dari lokasi pembangunan, sebelum akhirnya digantikan oleh denting dan dentingan palu di atas pahat, dan batu di atas batu. Bagaimanapun, reruntuhan kastil yang indah tidak dibangun dengan sendirinya.

Dua

Dunstan menyipitkan mata ke arah pantai dengan curiga. Setelah sekian lama berada di laut, begitu banyak pelabuhan asing, dia tidak yakin apakah dia sedang bermimpi, atau ini benar-benar rumah.

"Saya dan beberapa anak laki-laki akan pergi ke darat. Apa kamu ikut? Kedai-kedai di tepi pantai semuanya bagus dan bagus untuk mereka yang tidak tahu, tetapi ada sebuah penginapan di sisi jauh kota yang menyajikan bir hitam terbaik di negara ini. Bahkan mungkin di dunia."

Dunstan mengangguk. "Penginapan Baru." Meskipun tempat itu tidak baru selama berabad-abad, dan dia tidak pernah berhasil menemukan apa yang terjadi pada penginapan lama, jika memang pernah ada. "Apakah akan ada waktu untuk minum segelas bir? Terakhir kali kami pergi minum-minum di pub yang layak, saya tidak pernah melihat begitu banyak bir, sebelum kapten menyuruh kami keluar dari sana, siap memuat kargo barunya agar kami bisa berangkat di pagi hari."

"Ah, tidak ada kesempatan untuk itu! Kita akan berada di darat selama beberapa minggu, mungkin lebih, kali ini." Johnson mengedipkan mata.

Kegelisahan bergejolak di dalam perut Dunstan. Kapten Cammell tidak tahan dengan kapal-kapal yang menganggur di pelabuhan. Harus ada alasan kuat baginya untuk tinggal di sini begitu lama. "Apa yang telah Anda dengar yang belum saya dengar?"

Johnson membusungkan dadanya. "Saya dengar kita telah disewa oleh Sekretaris Koloni, untuk membawa penumpang dan pasokan ke Koloni Swan River yang baru."

Koloni Swan River berusia dua puluh tahun jika dihitung dalam satu hari - dan pamannya telah menunggu Dunstan dan saudara-saudaranya untuk bergabung dengannya di sana sejak pertama kali Koloni dibuka. Mungkin inilah kesempatannya untuk membeli tiket untuk mereka semua. Atau, lebih baik lagi, mendapatkan tiket mereka dengan bekerja selama pelayaran, dan menggunakan koin berharga yang dia simpan untuk membeli apa yang mereka perlukan untuk mulai bertani begitu mereka mendarat. Semakin banyak peralatan yang mereka bawa, semakin banyak tanah yang akan diberikan oleh Gubernur kepada mereka. Dengan begitu, mereka akan menjadi tuan bagi diri mereka sendiri, tidak bertanggung jawab kepada siapa pun kecuali kepada satu sama lain, jauh berbeda dengan kehidupan mereka sebagai penggembala di sini.

Dua minggu akan menjadi waktu yang lebih dari cukup untuk pulang, membujuk saudara-saudaranya, dan membawa mereka kembali ke sini, siap menuju Koloni. Mungkin kapten akan mengizinkannya pergi malam ini, jika dia menangkapnya tepat waktu.

Seolah-olah takdir sedang berpihak padanya, Kapten Cammell muncul di hadapannya.

Tidak ada waktu yang lebih baik daripada saat ini.

"Malam, Kapten," Dunstan memulai.

Tiga

Sinar matahari yang masuk melalui jendela Pamela membangunkannya. Saat itu cuaca berair, namun tetap ada sinar matahari, dan hari cerah pertama dalam beberapa minggu. Dia tidak berniat menyia-nyiakan momen cuaca yang baik ini. Dia berpakaian dan menuju ke lantai bawah dengan tergesa-gesa, tasnya yang berisi gambar-gambar menabrak pinggulnya di setiap langkahnya.

Lewatlah sudah hari-hari ketika seorang pelayan membawakan sarapan dan membantunya berpakaian. Sekarang Nyonya Jewkes adalah satu-satunya pembantu yang mampu mereka bayar, dan dia sangat sibuk melakukan tugas ganda sebagai juru masak dan pengurus rumah tangga, Pamela tidak berani memintanya untuk melakukan hal lain.

"Anda sudah bangun pagi, Nona Pamela," kata Nyonya Jewkes sambil mengeluarkan roti dari oven dan meletakkannya di atas meja.

"Cahaya pagi sangat indah untuk membuat sketsa hari ini," jawab Pamela. Dia berencana mengambil sesuatu yang dingin dari lemari es untuk sarapan, tetapi aroma roti yang baru dipanggang lebih menggodanya daripada iblis itu sendiri.

"Kalau begitu, saya akan membawakan sekeranjang sarapan untuk Anda. Ayahmu begadang semalam, dan kemungkinan tidak akan bangun sebelum tengah hari, jadi dia mungkin tidak ingin makanan hangat sebelum makan malam," kata Nyonya Jewkes.

Ayah telah minum lagi, dan akan tidur karena mabuk selama berjam-jam, itulah yang tidak dikatakan oleh pembantu rumah tangga, meskipun hal itu menggantung di udara di antara mereka berdua. Mereka berdua tahu bahwa ia melakukan hal yang sama setiap malam sejak ia kembali dari London. Sebelum dia pergi, dia telah berbicara tentang mengubah nasib mereka, sehingga mungkin Pamela akan menemaninya dalam perjalanan berikutnya dan dia bisa menikmati pesta dansa dan pesta-pesta. Namun setelah kepulangannya, dia tidak membicarakan apa pun, dan Pamela khawatir itu berarti nasib mereka hanya berubah menjadi lebih buruk.

Mungkin takdir akan tersenyum padanya, dan membantunya menemukan seorang suami kaya yang dapat mengubah nasibnya, dan juga nasib ayahnya. Meskipun bagaimana ia bisa bertemu dengan pria seperti itu di Kastil Burke, ia tidak tahu. Dengan hanya Nyonya Jewkes, mereka hampir tidak dapat menghibur dalam skala besar yang akan membuat seorang duke atau mungkin seorang lord datang.

Meskipun mereka mungkin sudah tua atau kejam atau memiliki kegagalan lain yang membuat mereka menjadi suami yang buruk, atau beberapa putri bangsawan akan menceraikan mereka sejak lama. Namun, jika ada sesuatu yang dapat Pamela lakukan agar ayahnya dapat tersenyum lagi, alih-alih duduk diam setiap malam, meminum minuman keras sampai mati, ia akan melakukan apa saja.

"Apakah Anda baik-baik saja, Nona Pamela?"

Pamela berkedip. Sementara dia mengumpulkan wol, Nyonya Jewkes telah mengemasi keranjangnya dan sekarang mengulurkannya dengan penuh harap. "Ya, baru saja melamun. Bertanya-tanya ke mana saya harus pergi untuk menggambar hari ini." Mungkin ke dekat tambang tua, di mana lubang berisi air memantulkan langit biru dan bukit-bukit di sekitarnya. Sebaiknya dia mengambil jalan tebing untuk sampai ke sana, sehingga dia bisa melihat apakah ada awan hujan yang mengancamnya untuk pulang lebih awal. Kecuali jika ia bisa melihat dengan jelas ke pulau-pulau, dalam hal ini ia bisa membuat sketsa pemandangan laut. "Apakah menurut Anda..."

Tapi Nyonya Jewkes sudah bekerja keras di sisi lain dapur, tidak lagi memperhatikan Pamela.

Pamela tertawa kecil. Jika dia adalah seorang wanita bangsawan yang tinggal di kastil yang jauh lebih mewah, dia mungkin akan marah karena diabaikan oleh seorang pelayan, tapi Kastil Burke telah lama kehilangan segala kemewahan yang pernah dimilikinya selama berabad-abad berdiri di atas tebing laut, dan jika Nyonya Jewkes merasa perlu meninggalkan kastil, Pamela sendiri yang akan menggantikan posisinya di dapur. Sebuah prospek menakutkan yang kemungkinan besar akan membuat Pamela meracuni ayah dan dirinya sendiri, karena satu-satunya seni feminin yang dimiliki Pamela adalah menggambar dan melukis, bukan memasak.

Ayah membawakan buku sketsa dan pastel baru untuknya dari London. Mungkin jika dia membuat sketsa sesuatu yang indah dengan benda-benda itu, dia bisa membuatnya tersenyum lagi. Entahlah, tidak ada cara lain yang pernah dicobanya yang berhasil.

Warna-warna akan lebih cerah di dekat tambang, dia memutuskan, jadi ke sanalah dia pergi. Kecuali, ketika ia sampai di puncak bukit terakhir, ia tidak menemukan cermin berair yang menunggunya. Sebaliknya, tempat itu benar-benar seperti sarang semut yang penuh dengan aktivitas, dengan setengah lusin orang yang sedang memotong dan mengangkut balok-balok batu putih berdebu.

"Apa yang terjadi? Mau dibawa ke mana ini?" tanyanya.

Para pria itu saling berpandangan, sebelum salah satu dari mereka melangkah maju. "Sampai ke tukang batu, Nona." Dia menunjuk ke bukit berikutnya, tempat dia berencana untuk duduk dan membuat sketsa.

Dia menyipitkan mata ke arahnya. Sesuatu mulai terbentuk di atas sana, meskipun terlalu rendah untuk memastikan apa itu.

Mungkinkah itu rumah baru, sesuatu yang lebih modern daripada Kastil Burke yang sudah runtuh? Mungkin keberuntungan Ayah telah berubah menjadi lebih baik ketika dia berada di London, dan dia ingin memberi kejutan untuknya.

Ya, betapa terkejutnya dia - sekarang dia telah melihat permulaannya, dia harus melihat bagaimana pekerjaan itu berlangsung. Dia berjalan dengan susah payah melewati tambang dan mendaki bukit berikutnya.

Empat

Baru setelah dia mencapai puncak bukit, Pamela bisa melihat apa yang sedang mereka bangun. Bangunan itu tampak seperti versi yang lebih kecil dari Kastil Burke, hanya saja karena dibangun di sisi bukit yang berlawanan arah angin, menghadap ke laut, maka bangunan ini kemungkinan akan lebih dingin dan bahkan lebih berangin daripada aslinya. Hampir tidak ada peningkatan. Apa yang dipikirkan ayahnya?

Seorang pria muncul dari balik tembok, mendorong sebuah batu ke tempatnya.

"Kamu yang di sana!" katanya sambil melangkah ke arahnya. "Apa yang sedang kamu bangun."

"Ini adalah sebuah kebodohan, Nona."

Dia tertawa. "Memang begitu. Siapa yang mau tinggal di tempat yang berangin?"

Alis pria itu berkerut. "Tidak, ini sebuah kebodohan, Nona. Sir William Burke menugaskan kami untuk membangun sebuah kebodohan, sebuah kastil reruntuhan yang indah di sini, lengkap dengan patung-patung dan sejenisnya. Sesuatu yang bisa dilihat dari tingkat atas sisi utara Kastil Burke, saat Sir William memandang ke arah laut, katanya."

Ah, itu sebabnya dia tidak melihatnya. Jendelanya menghadap ke selatan, dan kamar-kamar lain di kastil yang sering dia kunjungi semuanya berada di lantai dasar. Lantai atas di sisi utara kastil adalah kamar ayahnya, dan ruang dansa, sebuah ruangan luas yang dipenuhi dengan perabotan yang diselimuti kain, hantu-hantu dari masa lalu yang tidak akan pernah terungkap lagi. Sudah seperti itu sepanjang hidup Pamela, dan mungkin juga sepanjang hidup ayahnya, karena ia pernah mendengar ayahnya berkata bahwa hutang judi yang dikumpulkan kakeknya di masa mudanya membuat mereka tidak memiliki kemewahan seperti pesta dansa, atau hiburan semacam itu.

Namun di dunia yang lebih baik, saat bulan purnama, seseorang dapat meninggalkan pusaran penari di ruang dansa untuk berdiri di teras, dan mengagumi reruntuhan di bukit terakhir sebelum laut, yang disiluminasi oleh sinar bulan, sebuah misteri yang menghantui mata dan mimpi seseorang selama semalam suntuk setelah pesta dansa selesai. Bahkan, dia bisa melihatnya dengan sangat jelas, dia ingin menuliskannya di atas kertas, sebuah gambar yang sangat jelas di atas kertas p utih...

Dia berjalan menuruni bukit sedikit, sampai ketika dia melihat ke atas, dinding batu menjulang ke langit dari puncak bukit. Jika saja ia membayangkan bulan berada di tempat matahari sekarang berdiri, sinarnya yang cemerlang menandakan bahwa ia akan segera terbit di atas puncak bergerigi dari menara yang setengah jadi itu...

Pamela tenggelam dalam fotonya, dan momen sempurna di mana tidak ada yang lain selain dirinya dan langit, puncak bukit dan batu-batu yang memantulkan bayangannya di lembah di bawahnya.

Lima

"Batu lagi, Tuan Stone," kata sebuah suara penuh hormat.

Ben mendongak ke atas. Torstan tidak terlihat dan patung iblis Dunstan tidak dapat berbicara, sehingga orang-orang dengan gerobak itu tampak berbicara kepadanya.

"Saya hanya Ben, teman-teman, seorang mantan anak petani yang mencoba mencari nafkah, sama seperti Anda," kata Ben.

Dia mengenali ekspresi kaku di wajah mereka, dan menghela napas dalam-dalam. Ia hanya tumbuh besar di dua desa yang jauh dari desa mereka, tetapi mungkin saja ia merasa seperti berada di dunia lain, karena mereka adalah orang asing. Dan jika mereka memotong batu di tambang, sementara ia dan saudaranya mengukirnya dan membangun kastil, itu membuatnya lebih tinggi dari mereka. Terkutuklah para tuan tanah Inggris dan kelas sosial mereka yang neraka. Semakin banyak alasan untuk pindah ke Koloni, di mana semua orang diciptakan sama, atau begitulah kata beberapa orang.

"Di mana Anda ingin kami menaruhnya, Tuan Stone?"

Ben membuka mulutnya untuk menyuruh mereka menaruhnya di tempat yang lain, tapi dia mengedipkan matanya pada ruang kosong di mana ada balok-balok batu yang terakhir kali dia lihat. Torstan pasti sudah memasukkannya ke dalam kastil. Sebaiknya dia meninggalkan patung Dunstan dan mulai mengerjakan patung berikutnya, atau Torstan akan menyelesaikan kastilnya sebelum dekorasinya selesai.

"Di sana," katanya sambil melambaikan tangan ke arah sebidang tanah kosong. Dia memperhatikan para pekerja itu membongkar blok demi blok, sampai ada satu yang menarik perhatiannya. Tidak dipotong lurus seperti yang lainnya, ada sedikit lengkungan alami pada batu itu, seolah-olah...

"Kecuali yang satu itu. Bawa yang itu ke sini," perintahnya.

"Itu tidak rusak saat kami memasukkannya ke gerobak, Tuan Stone. Saya tidak tahu apa yang terjadi. Mungkin ada patahan pada batu itu dan entah bagaimana batu itu patah saat kami mendaki bukit. Saya akan membawa lebih banyak batu lagi untuk menggantinya..." Pria itu melanjutkan, sambil memutar-mutar topinya di tangannya, tapi Ben tidak mendengarkan.

Bongkahan batu yang rusak itu mendarat di kakinya dan Ben mengitari batu itu, seperti kucing yang sedang memangsa. Sebagian dari batu itu telah terpotong di sepanjang garis patahan kuno, melengkung dan bergelombang seperti bukit-bukit di sekelilingnya, atau begitulah yang dia pikirkan pada awalnya. Sekarang, dari dekat, bagian itu lebih mirip lekuk tubuh seorang wanita, meringkuk di sisinya seolah-olah sedang tertidur. Dia hanya bisa melihat sedikit petunjuk sekarang - wajah wanita itu tersembunyi di dalam balok yang utuh, dan dia ingin sekali membebaskannya. Untuk membangunkannya dari tidurnya yang tak berujung.

Dia mengangkat palu dan pahatnya, menahan napas saat dia memotong bagian terkecil. Lalu yang lain.

"Tidak, itu tidak benar," kata sebuah suara yang sangat feminin.

Ben berkedip. Tentunya batu itu tidak mungkin berbicara kepadanya? Dia menyipitkan mata pada serpihan-serpihan yang telah dia pahat, tepat pada saat matahari memilih untuk menampakkan diri. Batu berwarna krem itu menangkap cahaya, mengubah wanita yang terperangkap menjadi mercusuar yang menyilaukan yang bersinar lebih terang dari matahari itu sendiri. Ben menggelengkan kepalanya, bertekad untuk mengembalikan penglihatannya. Dia tidak bisa mengukir apa yang tidak bisa dilihatnya.

Saat itulah dia melihatnya, dan hanya karena dia bergerak. Gaun dan topi yang dikenakannya berwarna hijau seperti rumput di bukit di belakangnya, hanya beberapa tingkat lebih terang dari buku yang tertutup kain di tangannya. Dia mengangkatnya untuk menaungi matanya, saat dia memelototi matahari.

Ben tertawa terbahak-bahak. Awalnya, ia mengira peri, atau makhluk gaib lainnya, ada di sana sesaat, dan menghilang dalam sekejap, tapi hanya seorang wanita manusia yang akan mencaci maki matahari karena merusak cahayanya. Dan salah satu kualitasnya, tak diragukan lagi, karena siapa lagi selain seorang wanita, yang tidak pernah mengalami kesulitan dalam hidupnya, yang akan mencerca matahari di langit hanya karena bersinar?

Untungnya, wanita itu tidak mendengar atau memperhatikannya. Itu yang terbaik, Ben menduga, karena seorang wanita yang merasa dirinya lebih unggul daripada matahari mungkin akan lebih tersinggung jika ada anak petani atau tukang magang yang masuk ke dalam bidang pandangnya dan merusak sketsanya.

Karena itulah yang dilakukannya di dalam buku, tangannya bergerak dengan cepat, goresan yang pasti yang membuat tangan Ben gatal untuk melakukan hal yang sama.

Ketika hari kerja selesai, ia berjanji pada dirinya sendiri. Buku sketsanya tidak sebagus milik wanita hijau itu, dan dia tidak punya apa-apa selain arang untuk menggambar, tapi dia cukup beruntung karena memiliki peralatan menggambar di pondok yang dia dan saudaranya tinggali bersama, dan mungkin satu jam waktu senggang di malam hari musim panas yang panjang di mana dia bisa menikmati satu atau dua sketsa. Dia harus mencoba menggambar wanita yang sedang tidur di batu itu, untuk membantunya mengukir esok hari, tetapi wanita hijau itulah yang selalu ada dalam pikirannya lebih dari siapa pun.

Ben harus memaksa dirinya untuk kembali ke pekerjaan yang sedang dikerjakan, yaitu wanita berkulit putih dan bukan wanita berkulit hijau. Kedua lengannya segera memeluknya. Satu melingkar, ditekuk di siku, dengan tangan memeluk kepalanya, tapi tangan yang satunya lagi ia lontarkan ke depan, hampir meraih sesuatu yang tak terlihat. Atau mungkin melindungi... apa?

Matahari menyinari Ben dan batunya, namun ia tidak menyadari apa pun kecuali ketukan palu dan pahat saat ia perlahan-lahan dan dengan susah payah melepaskan wanita yang tertidur itu dari penjaranya.

Enam

Pamela menggelengkan kepalanya. Dia sudah terlalu tua untuk berkhayal seperti itu. Tidak ada yang menakutkan yang mengintai di kegelapan dan bayangan tidak lebih dari tipuan cahaya. Jika dia membayangkan monster untuk dibuat sketsa, ada sebuah batu di tengah-tengah bukit, iblis bersayap yang wajahnya mirip dengan pria yang dia ajak bicara di reruntuhan. Dia pasti seorang guru yang keras jika muridnya telah mengukir kemiripannya menjadi iblis. Sampai pemahatnya muncul, dan dia melihat bahwa dia lebih tua dari kebanyakan muridnya. Cara para pekerja berbicara kepadanya, memanggilnya "Tuan Stone", menunjukkan rasa hormat yang lebih besar daripada yang bisa diberikan oleh seorang murid. Dan keterampilan dalam pekerjaannya...

Pamela menyaksikan, terpesona, saat balok batu yang rusak yang dijatuhkan para pekerja ke kaki iblis itu mulai terbentuk di bawah palu dan pahat pria itu. Bentuknya seperti lutut seorang anak.. . bukan, siku, dan lengan kedua, terulur di atas sesuatu, jari-jarinya melingkar di sekelilingnya secara protektif. Pamela tersenyum. Dia tidak akan mempercayai iblis bersayap itu dengan hartanya.

Dia mengambil pensil dan mulai menggambar lagi, menangkap alis kumbang iblis dan bayangan yang dilemparkan ke wajahnya oleh matahari yang terbit. Kemudian pria itu berlutut di kakinya, mencakar kedua lengan batu itu, seolah-olah dia bermaksud untuk menarik pemilik lengan itu dari cengkeraman batu dan menyelamatkannya dari iblis. Karena sesungguhnya itu adalah seorang wanita.

Matahari mulai menyengat, namun Pamela tidak menyadarinya. Pria itu mengangkat bajunya, menggantungkannya di atas iblis itu seolah-olah makhluk itu hanyalah seekor kuda pakaian, sebelum kembali ke ukirannya.

Belum pernah tangan Pamela bergerak begitu cepat di halaman, membuat sketsa pria dan karyanya, setan dan bajunya, setiap gerakan menghadirkan sudut pandang baru yang ingin diabadikan oleh matanya selamanya.

Matahari menghilang di balik awan lagi, dan iblis itu kehilangan bajunya, tetapi tidak sebelum dia melihat pria itu menundukkan kepalanya ke belakang saat dia meneguk air, otot-otot di leher dan dadanya bergerak seolah-olah mereka memiliki kehidupan sendiri. Bahwa tindakan sederhana seperti minum dapat terlihat begitu sempurna, begitu kuat...

Pensilnya terbang melintasi halaman, berusaha untuk menangkap gerakan dalam satu gambar. Dia telah menggambar enam gambar, gambar terakhir dengan air yang mengalir di dada pria itu saat dia menumpahkannya, dan ketika dia melihatnya, dia merasakan sesuatu yang aneh di dalam perutnya, seolah-olah dia telah menelan seekor kupu-kupu. Sensasi yang sangat aneh.

Pamela memaksa dirinya untuk berpaling. Menatap batu yang gelap dan dingin di atas bukit, ke tulang-tulang kastil yang tidak akan pernah utuh, dinding-dinding yang runtuh yang hanya akan mengenal kekosongan, karena mereka tidak akan pernah menopang atap yang membuat tempat itu menjadi rumah. Tidak ada sejarah di tempat ini, tidak ada pertempuran yang terjadi, tidak ada kegelapan atau cahaya yang memberinya kehidupan. Tempat ini hanya berwarna... abu-abu, memantulkan langit di atasnya.

Ia membuka halaman baru, dan mulai bekerja lagi, tetapi kali ini dengan pensil dan bukan arang. Ah, itu lebih mirip. Garis-garisnya tidak lagi goyah, ingin menunjukkan apa yang tidak ada di sana, bukan apa yang ada.

Pamela hampir selesai membuat sketsa konstruksi, dan memperdebatkan apakah akan menyertakan awan di belakangnya, ketika matahari terbenam di bawah awan saat menyelam ke dalam laut pada sore hari, menyalakan kebodohan itu.

Batu yang baru dipotong bersinar keemasan, dilingkupi oleh awan yang berkerumun seperti kenangan kelam beberapa saat sebelumnya.

Pamela sepertinya tidak bisa menutup mulutnya. Dia ingin, tidak, dia harus mengabadikan warna-warna itu. Sekarang, sebelum warnanya memudar. Ia merogoh tasnya untuk mencari pastelnya, dan dengan tergesa-gesa mulai menambahkan warna pada gambar yang membosankan itu.

Sepertinya hanya satu atau dua saat, tetapi bisa jadi satu jam, ketika cahaya memudar dan reruntuhan kastil kembali menjadi kelabu sekali lagi. Pamela merosot, membiarkan kotak pastelnya jatuh ke rumput. Ia memeluk buku sketsanya di pangkuannya, terengah-engah melihat warna-warna cerah yang telah ia lihat dan abadikan di halaman buku itu, namun senja mengancam akan melunturkan warna-warna cerah itu jika ia tidak sampai di rumah sebelum gelap. Ia bahkan mungkin akan tersesat, karena ia tidak berpikir untuk membawa lentera untuk menerangi jalannya.

Dengan enggan, ia mengemasi semua barang ke dalam tasnya, mengambil keranjang yang entah bagaimana sudah kosong pada siang hari - ia tidak ingat pernah makan satu gigitan pun, tapi ia pasti sudah makan - dan pulang ke rumah.

Namun, bahkan ketika ia membungkukkan langkahnya menuju Kastil Burke, hati dan pikirannya tetap berada di reruntuhan, mencuri bisikan janji bahwa ia akan kembali esok hari.

Tujuh

Pada saat matahari terbit, Dunstan sangat berharap dia bisa berhenti untuk minum dan makan di New Inn, atau lebih baik lagi, sebuah tempat tidur untuk bermalam. Kakinya pegal setelah berjalan begitu jauh, dan ia ingin sekali berbuka puasa, tetapi ketika ia sampai di Thieving Kelpie, kedai minum yang berjarak satu mil dari pondok yang disebutnya sebagai rumah oleh saudara-saudaranya, kedai itu terkunci rapat, belum dibuka.

Saudara-saudaranya akan menyiapkan sarapan untuknya, dia menghibur dirinya sendiri, sambil berjalan dengan susah payah. Dan meskipun pemilik penginapan dan stafnya tidak akan berterima kasih kepadanya karena ia bangun lebih awal, saudara-saudaranya pasti akan senang melihatnya.

Asap sudah mengepul dari cerobong-cerobong asap di pondok-pondok para petani, meskipun saudara-saudaranya belum menyalakan api unggun. Mungkin mereka masih tidur. Kemudian lagi, dalam cuaca musim panas yang hangat ini, mungkin mereka mengambil sarapan dalam keadaan dingin.

Dunstan mengetuk pintu dengan cerdas, lalu menunggu. Setelah beberapa saat tanpa jawaban, dia mengetuk lagi.

Pintu di pondok sebelah berayun terbuka, dan John McLeod mengintip keluar. "Siapa itu?" tanyanya.

"Dunstan Stone, sedang cuti di darat, datang mengunjungi saudara-saudaraku," jawab Dunstan. Apakah dia telah banyak berubah sehingga MacLeod tidak mengenalinya? MacLeod sendiri lebih kurus dan lebih keriput daripada yang diingat Dunstan, dengan lebih banyak uban daripada cokelat di rambutnya.

"Dunstan muda, bukan? Sudah lama sekali aku tidak melihatmu, nak." McLeod mengamatinya. "Laut cocok untukmu, lebih dari pertukangan."

Dunstan membuka mulutnya untuk mengatakan kepada pria itu bahwa dia adalah seorang tukang kayu kapal, bekerja dengan kayu di laut seperti halnya di darat, lalu berpikir untuk tidak mengatakannya dan menutup mulutnya lagi. McLeod, seperti banyak tetangga mereka, lahir dan akan mati sebagai petani, dengan pertanian yang tertanam begitu dalam di dalam darahnya, sungguh mengherankan dia tidak berdarah hitam seperti tanah subur yang dia garap. McLeod lebih baik mati daripada meninggalkan tanah airnya menuju belantara Australia. Atau melakukan pekerjaan lain seperti pertukangan.

"Jika Anda berada di sini untuk melihat saudara-saudara Anda, Anda sudah terlambat. Mereka sudah pergi beberapa malam atau lebih."

"Pergi? Pergi kemana?" Mereka tidak mungkin pergi ke Koloni Sungai Angsa tanpa dia. Setidaknya, tidak tanpa meninggalkan pesan. Mungkin mereka telah mengiriminya surat yang bahkan sekarang menunggunya di Scindian.

"Membangun kastil bangsawan Inggris, di tepi pantai, atau begitulah katanya. Kakakmu Torstan adalah seorang tukang batu yang handal, seorang pembangun yang baik, dengan Ben muda sebagai muridnya," kata MacLeod dengan bangga, seakan-akan dia adalah ayah mereka. "Rupanya, Lord Burke meminta mereka secara khusus."

Hati Dunstan terasa hancur. Jika saudara-saudaranya membangun kastil, mungkin butuh waktu bertahun-tahun sebelum selesai - mereka tidak akan pernah bisa berlayar dengan Scindian. "Kalau begitu, sebaiknya aku pergi ke Kastil Burke. Terima kasih atas arahannya, MacLeod," katanya sambil memaksakan senyum.

Merindukan istirahat, tetapi tahu bahwa ia tidak bisa meluangkan waktu, Dunstan kembali ke desa, menuju jalan pesisir.

Asap mengepul dari cerobong asap Thieves Kelpie sekarang, dan sesosok tubuh yang tidak asing lagi berdiri di luar, mengibas-ngibaskan permadani dengan sangat kuat, Dunstan menduga permadani itu akan dipukul.

"Cara Raeburn! Gadis yang sudah lama saya idam-idamkan!" serunya.

Dia berbalik, dan nafasnya tersengal-sengal saat dia mengantisipasi untuk melihat wajah dan sosoknya yang cantik untuk pertama kalinya setelah sekian lama.

"Wah, kalau bukan Dun Stone. Apakah Anda datang mencari saudara-saudara Anda? Karena kamu tidak akan menemukan mereka di sini. Hasil panen terlalu buruk tiga tahun terakhir ini, mereka pergi mencari pekerjaan di sepanjang pantai. Membangun untuk orang Inggris, atau begitulah yang kudengar," katanya sambil melipat tangannya di atas karpet.

Dunstan meminumnya, seperti orang terdampar yang baru saja menemukan aliran air tawar pertamanya di tanah asing. Tidak ada satu hari pun di laut yang terlewatkan tanpa dia membayangkan Cara sebagai istrinya, berlayar bersama ke Koloni, untuk memulai hidup baru mereka. "Ikutlah bersamaku ke Koloni Sungai Angsa, Cara, sebagai istriku," katanya dalam hati.

Dia mengeluarkan suara mengejek jauh di dalam tenggorokannya. "Apa, dan meninggalkan Oscar dan Kelpie? Kau bodoh, Dun Stone, jika kau pikir aku akan pergi ke Koloni seperti narapidana, padahal aku punya kehidupan yang nyaman di sini!"

"Oscar... Oscar Baldwin?" Dia adalah sahabat Dunstan semasa kecil, saat mereka masih satu sekolah, sebelum Dunstan magang di galangan kapal dan Oscar mengambil alih pertanian ayah-nya. Dunstan sudah lama tidak bertemu dengan-nya. "Apa dia di sini?"

"Tentu saja, bodoh. Dia tertidur lelap, karena dia bekerja di bar semalam, jadi pelankan suaramu - jangan sampai dia terbangun. Dia memang beru-ang yang baik jika dia tidak cukup tidur, dan tidak salah lagi."

Salah satu pelayan bergegas keluar dan mem-bungkukkan badan di depan Cara. "Jika Anda berkenan, Nyonya Baldwin, salah satu tamu jatuh sakit. Saya ingin memanggil dokter. Haruskah saya menjemputnya, Nyonya?"

Ketika Cara bertanya tentang berapa banyak yang diminum pria itu pada malam sebelumnya, dan berapa banyak koin yang dibawanya, Dunstan tidak mendengarnya. Dua kata itu telah menancap kuat di benaknya, dan tidak akan dilepaskan. Nyonya Baldwin.

"Tunggu dulu. Anda menikah dengan Oscar?" tuntutnya.

Ia berdoa agar ia tidak salah dengar. Ternyata tidak begitu. Dia telah jatuh cinta pada Cara selamanya, menginginkannya menjadi istrinya, dan Cara bahkan menyetujuinya, malam itu di loteng jerami, saat dia menyerahkan tubuhnya kepadanya, tepat sebelum dia bergabung dengan Scindian.

"Tentu saja. Seorang bayi harus memiliki seorang ayah, dan Anda tidak bisa ditemukan di mana pun," bentaknya. Matanya berkobar-kobar. "Oscar adalah ayah yang baik untuk anaknya, dan dia akan menjadi ayah yang baik untuk anak ini juga." Dia menepuk-nepuk perutnya melalui roknya. Baru sekarang Dunstan menyadari bahwa permadani itu menyembunyikan kehamilannya yang sudah lanjut.

Dia hamil dari malam di loteng jerami itu? Dia memiliki seorang putra. "Cara..."

"Ini Nyonya Baldwin untuk Anda. Saya adalah seorang wanita yang sudah menikah dan seorang ibu yang terhormat," bentaknya.

"Tapi saya pikir..."

"Tidak, Dun Stone, Anda tidak berpikir. Dan apa yang kamu pikirkan, kamu salah. Pergilah denganmu - kami tidak menginginkanmu di sini," katanya sambil mengusirnya. "Pergilah, Dun, sebelum aku memanggil para pengantin pria untuk mengusirmu. Pergilah ke Koloni, dengan semua narapidana, dan selamat tinggal."

Dunstan membayangkan dia mendengar suara jantungnya yang hancur berkeping-keping saat dia membelakangi Cara dan memaksa dirinya untuk kembali ke laut.

Delapan

Sementara Torstan mengambil makan malam mereka dari penginapan di desa, Ben duduk di bangku di luar pondok mereka dan mencoba menggambar wanita batu yang sedang tidur. Lengan dan tangannya, serta lekukan tubuhnya saat ia meringkuk di sisinya untuk tidur, dapat ia gambar dengan mata terpejam, karena mereka terlihat jelas, sudah terpahat di batu. Tetapi wajahnya, dan kakinya, dan bahkan pakaian apa yang dia kenakan, jika ada, adalah sebuah misteri baginya.

Dia mungkin tidak tahu apa yang wanita itu kenakan, tapi dia pasti tahu bahwa wanita itu tidak mengenakan rok seperti lonceng yang dikenakan wanita hijau itu hari ini. Dia membuat sketsa garis-garisnya, gumpalan payudaranya dan lekukan lehernya saat dia membuat sketsa kastil dengan konsentrasi tinggi. Dan senyum jahat yang ia kenakan, seperti kucing yang mencuri krim dari kotak susu, penuh kemenangan atas keberaniannya sendiri. Jika wajahnya telah membuat gambar yang begitu mencolok, bagaimana perbandingan gambarnya? Dia ingin sekali tahu, tapi tidak berani bertanya.

Mungkin jika dia kembali besok...

Ya, ia berkata pada dirinya sendiri, ia akan mengumpulkan semua keberaniannya dan meminta untuk melihat buku sketsanya. Bagaimanapun juga, dia adalah seorang wanita yang baik, dengan peralatan yang lebih baik untuk seninya daripada yang pernah dia miliki, dengan kemungkinan manfaat dari pendidikan yang tepat untuk meningkatkan gambarnya dari jenis sketsa kasar yang masih dia lakukan. Karyanya pasti sangat indah, yang terbaik yang pernah dilihatnya.

Jika dia kembali.

Kenyataannya, wanita itu kembali, dan dia menghabiskan sepanjang hari dengan ketidakpastian, memperdebatkan apa yang harus dilakukan. Dia tahu bahwa karena wanita itu adalah salah satu wanita yang berkualitas, sopan santun yang baik menyatakan bahwa terserah padanya untuk memperkenalkan diri, atau setidaknya menjadi orang pertama yang mengenalinya, dan bukan sebaliknya. Tetapi bagian dari pikirannya yang berkhianat terus memunculkan kemungkinan lain. Dia pemalu. Dia tidak tahu bahwa itu adalah tempatnya untuk berbicara lebih dulu. Dia telah bersumpah untuk tidak pernah berbicara dengan seorang pria. Atau dia memang tidak memiliki keinginan untuk berbicara dengannya karena pria itu berada jauh di bawah perhatiannya.

Dia tahu yang terakhir ini kemungkinan besar benar, tetapi hari demi hari, dia merasakan matanya menatapnya saat dia perlahan-lahan menarik wanita yang tertidur itu keluar dari penjara batunya. Akhirnya, dia membuat tawar-menawar dengan dirinya sendiri. Jika Lady Artist (karena dia tidak mengenakan pakaian hijau setiap hari, jadi dia tidak lagi menjadi wanita hijau dalam benaknya) tidak berbicara dengannya sebelum patung itu selesai, maka dia akan mengambil langkah pertama dan memperkenalkan dirinya.

Jadi, pada hari ia selesai menghaluskan punggung patung, ia meletakkan peralatannya, menelan ludah, dan mengangkat kepalanya.

Matanya sudah tertuju padanya, atau mungkin patung itu, dan Ben mengambil keputusan.

"Apakah dia mendapat persetujuan Nyonya?" Ben bertanya, lega mendengar bahwa ia telah berhasil menjaga guncangan kegelisahan di dalam perutnya dan keluar dari suaranya.

Ia menjatuhkan pensilnya karena terkejut. "Sa ya... saya yakin saya tidak bisa mengatakannya."

Mungkin dia memang pemalu. Ben semakin berani. "Kalau begitu, turunlah dan lihatlah sendiri lebih dekat. Persetujuan dari seorang seniman ulung seperti itu akan menjadi pujian yang luar biasa, saya yakin." Ben belum pernah melihat karya seninya, tapi dia yakin karya itu pasti lebih baik dari apa pun yang bisa dia buat.

Dia bangkit dengan patuh, membersihkan roknya saat dia mendekat dengan langkah yang lambat dan terukur. Dia berhenti satu yard dari patung itu, memperhatikannya, sebelum mengitarinya, seperti seekor pemangsa muda yang gugup mengintai mangsa pertamanya. Seolah-olah dia telah mendengar pikirannya, membandingkannya dengan seekor binatang buas, pipinya merona merah muda.

"Dia... yah, dia tidak terlalu banyak mengenakan pakaian, bukan?"

Sekarang giliran Ben yang tersipu malu. Dia bermaksud memakaikan gaun malam pada wanita itu, atau semacam gaun, tetapi batu itu telah membentuk dirinya sendiri di bawah pahatnya, membentuk garis-garis halus kulit wanita, yang hanya terlilit selembar kain. Bahkan rambutnya tergerai bebas, ikal-ikal yang tidak terikat mengalir di punggung dan di satu bahu, menyembunyikan sebagian besar dadanya. Dia mungkin telanjang dalam tidurnya, tetapi patung itu tetaplah seorang nona muda yang sederhana. "Dalam privasi kamar tidurnya, mungkin dia tertidur sambil menunggu suaminya," Ben menyarankan.

Wajah wanita itu semakin memerah. "Apakah wanita... istri... benar-benar melakukan itu?"

Ben tertawa. "Melakukan apa? Tidur?"

"Tidak. Berbaring telanjang di tempat tidur untuk suami mereka."

Mulut Ben tiba-tiba menjadi kering. "Aku... tidak tahu. Aku belum menikah, begitu juga dengan kakakku." Meskipun dia ingin menikah, suatu hari nanti. "Apa kamu tidak pernah tertidur saat menunggu suamimu?"

"Saya... saya... saya sering tertidur, dan ya, mungkin saya sedang menunggu, tapi... saya tidak punya suami, atau prospek apa pun, dan saya hampir tidak bisa membayangkan berbaring di tempat tidur, telanjang... sebelum saya... mengapa, ide itu tidak masuk akal!"

Dia memang seorang wanita yang baik, yang tidak pernah terlalu miskin untuk membeli pakaian tidur. Tetapi mengatakan kepadanya bahwa banyak orang tidur telanjang karena terpaksa hanya akan menambah kengeriannya. Dia tidak memiliki keinginan untuk mengusirnya.

"Begitu juga dengan membangunkan seorang wanita yang sedang tidur atau setan bersayap dari batu, namun itu semua adalah pekerjaan sehari bagi saya," kata Ben. "Ben Stone, tukang batu magang, dan sesekali menjadi pemahat." Dia menundukkan kepalanya.

"Bukankah Anda sudah cukup tua untuk menjadi seorang magang?" tanyanya.

Torstan telah mengatakan hal yang sama, berkali-kali. "Sebenarnya, ya, tetapi kakak saya mengatakan bahwa jika saya hanya menghabiskan lebih banyak waktu untuk membangun tembok dan tidak mengukir patung, saya akan menjadi tukang batu yang ahli dalam waktu satu tahun. Saya bisa mengerjakan batu dengan cukup baik, tetapi setiap kali saya mencoba membangun dinding, saya akan terganggu oleh salah satu balok dan..." Dia menunjuk ke arah patung yang sedang tertidur. "Dia tidak ingin terjebak di dalam tembok. Dia ingin bebas."

Wanita itu mengerutkan kening. "Dia tidak terlihat bebas bagi saya. Lihatlah, cara tangannya terulur, seolah-olah dia tertidur, kelelahan, karena memohon untuk dibebaskan."

Ben menatap patung itu, mencoba untuk melihatnya seperti yang dilakukan oleh wanita itu. Tidak peduli berapa lama dia menatap, dia tidak bisa. "Tangan itu berada di atas buku-bukunya, nyonya. Lihat bagaimana jari-jarinya melingkar di sekitar tulang belakang yang satu ini? Dia tidak ingin melepaskannya, bahkan dalam tidur."

"Saya yakin tidak ada wanita yang akan memilih buku daripada pakaian dalam bentuk apa pun, Tuan Stone. Dia adalah ciptaan khayalan Anda sendiri, pastinya. Sebuah makhluk mitos."

"Dia tidak kalah nyata atau khayalannya dengan iblis yang mengawasinya, nyonya," kata Ben sambil menunjuk ke arah gargoyle.

Wanita itu menggelengkan kepalanya. "Saya b ukan... bukan seorang wanita. Aku hanya ... Pamela. Pamela Burke. Dan kecuali saya memiliki keberuntungan untuk menikah dengan seorang pria dengan gelar, hanya itu yang akan saya dapatkan."

Ben membungkuk, berharap dia melakukan hal yang benar. "Saya merasa terhormat bisa berkenalan dengan Anda, Nona Burke. Ah... apakah Anda kerabat Sir William Burke, majikan kami saat ini?"

Dia menundukkan kepalanya. "Dia adalah ayah saya. Meskipun saya tidak bisa membayangkan dia membayar Anda untuk mengukir wanita telanjang untuknya."

Ben merasakan panas di pipinya kembali naik. "Dia tidak melakukannya, nyonya...eh, Nona Burke. Dia memang memesan dua gargoyle, untuk menemani reruntuhan yang indah itu. Dia ingin mereka berada di atas menara yang dibangun kakakku sekarang. Wanita itu... batunya pecah, dan saya melihat... saya melihat seorang wanita terjebak di dalam batu, dan saya tidak punya pilihan selain membebaskannya." Kedengarannya seperti kegilaan.

Namun Nona Burke hanya tersenyum. "Ketika saya pertama kali mencoba menggambar kastil, saya tidak dapat melihatnya seperti apa adanya, tetapi seperti apa bentuknya. Sketsa pertama saya adalah sebuah kastil yang lengkap, menjulang tinggi ke langit, di mana seluruh anggota keluarga yang terdiri dari para bangsawan dan bangsawati, ksatria dan prajurit, mungkin telah mempertahankan pantai dari para perampok dari utara pada abad yang lalu. Saya tidak melihat pemandangan yang indah seperti yang seharusnya."

"Boleh saya lihat?" Ben bertanya dengan penuh semangat sambil meraih buku sketsanya.

Nona Burke mendekap buku itu di dadanya, sama protektifnya dengan adik perempuannya yang tertidur. "Saya tidak pernah... tidak sejak Ayah mengirim pengasuh saya pergi... tidak ada yang pernah melihat gambar-gambar saya."

Sama seperti tidak ada yang pernah melihatnya tidur telanjang, Ben menebak. Dia menghela napas. Dia sudah melangkah terlalu jauh, seperti yang selalu dia lakukan ketika berbicara tentang seni. Nona Burke akan mengadu pada ayahnya, yang akan melihat wanita telanjang itu dan mungkin akan mengusirnya dan saudaranya dari tanah miliknya, tanpa membayar sepeser pun untuk semua pekerjaan yang telah mereka lakukan. Mereka tidak akan pernah sampai ke Koloni Swan River, dan itu semua adalah kesalahannya.

Dia menelan ludah. Dia harus melakukan ini dengan benar. Dia membungkuk rendah, begitu rendahnya sampai-sampai dia takut terjatuh jika dia tidak menjaga agar tetap pendek. "Maaf, Nona Burke. Saya tidak bermaksud menyinggung perasaan. Saya hanya seorang anak petani sederhana, yang memiliki sedikit keahlian dalam mengerjakan batu. Saya hanya tahu sedikit tentang seni, atau hal-hal yang bagus."

Ia berbalik badan untuk kembali bekerja.

"Tuan Stone... Ben... tolong, tunggu."

Sembilan

"Boleh saya lihat?"

Pamela ingin sekali memberikan buku sketsanya, dengan harapan bahwa Tuan Stone akan melihat sesuatu dalam karyanya yang dapat memberinya harapan untuk melanjutkan. Dia tahu dia tidak akan pernah memiliki keahlian untuk menciptakan kemiripan yang sempurna yang tampaknya akan keluar dari halaman dan berbicara, seperti yang dia lakukan pada patung wanita yang sedang tidur, tetapi jika dia bisa melukis atau membuat sketsa yang cukup bagus untuk dipamerkan di galeri, maka dia mungkin akan menemukan seorang dermawan yang akan membantunya, membawanya pergi dari Kastil Burke dan mengenalkannya pada masyarakat.

Namun, jika Tn. Stone melihat gambar-gambarnya dan tidak menyukainya, dia mungkin akan memupuskan harapannya dengan sekali lihat. Lebih buruk lagi, jika ia melihat kastil-kastil fantastis yang digambarnya pada hari pertama, ia mungkin akan menganggapnya gila, seperti pengasuhnya saat ia melihat gambar Pamela yang menggambarkan Nona Smith sebagai penyihir. Ia belum pernah melihat Nona Smith membaca mantra, memakan kodok, memakai topi runcing atau terbang di udara dengan sapu, tapi Pamela tidak perlu berimajinasi untuk mempercayai pengasuhnya yang keras itu, karena wanita itu benar-benar jahat. Pendapat yang semakin diperkuat oleh Nona Smith ketika ia melemparkan buku sketsa Pamela ke dalam perapian kamar bayi, memukulnya dengan keras, lalu mengancamnya akan melakukan hal yang sama jika ia berani menggambar lagi.

Kekayaan sang ayah telah gagal segera setelah itu, dan Miss Smith telah diberhentikan dari jabatannya karena pendidikan adalah sesuatu yang tidak mampu lagi dibiayai oleh ayahnya, tetapi sudah beberapa tahun sebelum Pamela berani mengambil pensil lagi.

Namun, di sinilah Tuan Stone, seorang seniman ahli yang pernah ia lihat, meminta untuk melihat sketsa-sketsanya. Tidak, berpaling darinya, sementara dia berdiri di sana sambil mengumpulkan wol. Tidak, dia tidak bisa membiarkan kesempatan ini berlalu begitu saja. Jika Tuan Stone mengatakan kepadanya bahwa gambarnya jelek, dia tidak akan pernah membuat sketsa lagi.

Pamela membasahi bibirnya. "Mr Stone!"

Dia tidak berbalik.

Dia menarik napas dalam-dalam. Beranikah dia? "Ben? Tolong, tunggu."

Tuan Stone menoleh, dan dia terkejut karena tidak menemukan kecaman di matanya atas keberaniannya menggunakan nama yang diberikan kepadanya. "Saya siap melayani Anda, Nona Burke."

Dia menyodorkan buku itu. "Silakan. Jika Anda ... berbaik hati untuk melihatnya. Mungkin Anda bisa memberi tahu saya bagaimana saya bisa memperbaiki diri." Selama dia tidak menuntutnya untuk membuka bokongnya untuk dicambuk, apapun yang dia katakan tidak akan menyakiti sebanyak kritik Nona Smith.

Dia terus memandangi patung itu saat dia merasakan Tuan Stone mengambil buku itu dari tangannya. Patung yang jelas-jelas telanjang. Sebuah kain menutupi sebagian besar bagian depan tubuhnya, tetapi bokongnya terlihat jelas, telanjang ke langit. Stone pasti telah melihat banyak wanita telanjang untuk membuat patung yang begitu nyata. Dan wanita mana yang akan menolak seorang pria yang dapat mengabadikan apa yang dilihatnya di atas batu? Membuat orang-orang menatap patungnya selama berabad-abad, jatuh cinta pada patung yang hanya bisa mereka kagumi dari jauh, lama setelah dia meninggalkan kehidupan ini. Surga membantunya, tetapi jika Tuan Stone memintanya, dia tidak akan menolak tawaran seperti itu. Itu adalah kesempatan untuk keabadian.

Belum lagi, dia telah melihat cara Tuan Stone menatap wanita batu itu saat dia mengukirnya. Setiap goresan seperti seorang kekasih, tatapannya penuh rasa lapar saat tangannya menjelajahi tubuhnya. Dia menyebutnya apa? Membebaskannya dari penjara, katanya. Pamela hanya berharap dia akan mengambil tangan yang kuat itu dan membebaskannya selanjutnya.

"Nona Burke?"

Pamela menempelkan kedua tangannya ke pipinya yang panas, berharap dapat mendinginkannya, namun pipinya justru semakin panas. "Ya, Tuan Stone?"

"Kastil Anda terlihat seperti sesuatu yang ada dalam novel gothic. Saya mohon maaf jika itu menyinggung perasaan Anda, tetapi terlihat begitu gelap dan mengerikan. Gambar berwarna, di sini, jauh lebih hangat, dengan lebih banyak detail, dan jika Anda tidak mengatakannya, saya tidak akan percaya bahwa Anda membuat sketsa struktur yang sama. Ini tidak akan keluar dari tempatnya di dinding ruang tamu Anda."

Pamela mulai terbata-bata mengucapkan terima kasih, namun Pak Stone memotongnya dengan lambaian tangannya.

"Namun demikian, di sinilah bakat Anda benar-benar bersinar. Saya belum pernah melihat lukisan bentuk manusia yang begitu hidup. Apakah Anda belajar di bawah bimbingan seorang guru dari Italia?"

Pamela tertawa terbahak-bahak. "Astaga, tidak! Saya belum pernah bertemu dengan orang Italia, apalagi belajar dengan mereka. Namun, ayah saya memiliki beberapa buku dengan gambar-gambar lukisan Italia. Saya akan memberikan apa saja untuk mengunjungi Italia dan melihat yang asli. Apakah Anda pernah ke Italia, Tuan Stone?"

Dia menggelengkan kepalanya. "Suatu hari nanti, mungkin, tapi sekarang belum. Kamu harus meminta ayahmu untuk membawamu."

Giliran Pamela yang menggelengkan kepalanya. "Ayah saya tidak akan pernah setuju untuk membawa saya ke Italia. Saya tidak pernah pergi lebih dari sepuluh mil dari rumah, dan karena saya adalah pewaris Ayah, saya mungkin tidak akan pernah pergi lebih jauh dari itu. Ayah berkata bahwa seorang gadis tidak perlu dididik dalam hal apa pun selain menjadi istri yang baik dan dapat ditawar. Saya tidak akan pernah melihat Italia, di luar mimpi."

Dia menyerahkan kembali bukunya. "Kalau begitu, jika Anda mau memaafkan kekurangajaran saya, Nona Burke, ayah Anda memang bodoh. Bakat seperti Anda harus dipupuk, dan tidak dibiarkan mati. Jika Anda benar-benar ingin pergi ke Italia dan belajar dengan para master di sana, seperti yang seharusnya, Anda akan menemukan jalan."

Dia adalah seorang pria. Dia tidak mungkin mengerti. "Jadi, apakah Anda tidak benar-benar menginginkannya, Tuan Stone? Karena jika Anda belum pernah ke Italia, maka Anda belum menemukan jalannya. Dan jika Anda tidak bisa, saya tidak melihat bagaimana Anda berpikir bahwa saya memiliki harapan untuk melakukannya."

Dia merentangkan tangannya lebar-lebar. "Nona Burke, ayah saya adalah seorang petani. Saya hanyalah seorang tukang batu magang. Namun inilah jalan hidup saya, atau setidaknya saya berharap begitu. Saya dan saudara-saudara saya bekerja keras untuk mendapatkan uang untuk membayar perjalanan kami ke Koloni, khususnya Koloni Sungai Angsa, di mana kami bermaksud mengadu nasib. Kemudian, tidak lama lagi, saya berharap dapat memiliki dana untuk pergi ke Italia."

Dari sorot matanya yang menerawang, ia tahu bahwa ia berniat melakukan hal itu. Apa pun yang diperlukan, sekeras apa pun dia harus bekerja, Ben Stone akan melihat Italia. Pamela menghela napas.

"Saya akan memberikan semua yang saya miliki untuk pergi bersamamu."

Tuan Stone menyeringai. "Jika memang itu yang Anda inginkan, maka saya tidak meragukannya."

Tapi... seorang gadis tanpa pendamping tidak dapat bepergian dengan seorang bujangan seperti Tuan Stone. Itu tidak pantas. "Ayah saya tidak akan pernah mengizinkannya," katanya dengan sedih.

Dia membungkuk. "Ayahmu tidak akan hidup selamanya, Nona Burke. Dan Anda tidak akan hidup sama sekali kecuali Anda percaya bahwa setidaknya beberapa impian Anda dapat menjadi kenyataan."

"Ben, pulanglah, saatnya makan malam." Tuan Stone yang lebih tua, orang yang membangun reruntuhan kastil, berdiri di atas mereka, mengerutkan kening ke arah mereka. "Kalian seharusnya tidak mengganggu Nona Burke."

Pamela membuka mulutnya untuk mengatakan bahwa Ben tidak mengganggunya sama sekali. Justru sebaliknya, pada kenyataannya. Dia berharap dia bisa berbicara dengannya lebih cepat.

Kecuali bahwa Ben membungkuk dan bergegas pergi untuk memenuhi panggilan kakaknya sebelum dia sempat mengucapkan sepatah kata pun.

Pamela menghela napas. Sebaiknya ia segera pulang untuk makan malam. Pikirannya berputar-putar dengan berbagai kemungkinan. Ya, kemustahilan, yang mungkin saja menjadi mungkin, jika dia bisa menemukan caranya.

Dia akan kembali besok, seperti yang dia yakini, begitu juga Ben.

Sepuluh

"Apakah Anda sudah mengikatnya dengan aman?" Torstan bertanya untuk yang kesekian kalinya kepada Ben.

"YA!" Ben kembali berteriak.

"Apakah Anda yakin?"

"YA!"

"Kalau begitu, mulailah mengangkatnya... hati-hati sekarang..."

Torstan telah mengelola kerekan dengan baik sendirian sampai sekarang, tetapi sekarang dinding menara terlalu tinggi untuk dijangkau tanpa tangga, dan satu-satunya cara untuk membangunnya lebih tinggi lagi adalah dengan menempatkan satu orang di atas tangga dan satu orang lagi menjaga kerekan. Jadi Ben menurunkan peralatannya, meninggalkan gargoyle kedua di atas balok batu yang nyaris tak tersentuh, dan naik untuk membantu Torstan.

"Awas!"

Ben melemparkan tubuhnya ke samping hanya sesaat sebelum balok yang diangkatnya jatuh ke tanah di mana kakinya berada.

"Ben, kau bodoh! Anda tidak mengikat simpulnya dengan cukup kuat dan terlepas. Itu yang kedua kalinya! Singkirkan kepalamu dari awan dan kembali ke bumi, atau kita tidak akan pernah bisa menyelesaikan pekerjaan ini!"

Ben ingin memprotes bahwa pikirannya tertuju pada Nona Pamela, yang memperhatikan mereka dengan seksama saat dia membuat sketsa kemajuan mereka. Kemarin, dia membawa salah satu buku seni Italia yang berharga, penuh dengan lukisan-lukisan religius tentang surga, neraka, dan segala sesuatu yang ada di antaranya, yang disajikan dalam lempengan-lempengan warna yang indah. Tapi dia tidak berani menyebutkan namanya. Torstan telah menyuruhnya untuk menjauh darinya, dan tidak berbicara dengannya sama sekali, tetapi ketika wanita itu mendatanginya, begitu bersemangat untuk berbicara, Ben tidak tega untuk menolaknya. Dia tidak pernah bisa berdiskusi tentang seni dengan siapa pun, dan wanita itu memiliki mata yang tajam! Dia bisa melihat detail terkecil dari lukisan-lukisan Italia itu yang bahkan tidak disadarinya sampai dia menunjukkannya. Dia ingin sekali menuruni bukit di sisinya, bukannya memanjat bebatuan dengan tali hingga lengannya pegal.

Simpul dan tali membuatnya teringat akan Dunstan.

"Jika Dunstan ada di sini, Anda tidak perlu khawatir tentang simpul atau tali. Saya berharap dia pulang," Ben berujar.

"Ya, saya juga, tapi dia pergi mengarungi lautan, mencari ongkos sendiri ke Koloni, sementara kita bekerja keras di sini. Setelah pekerjaan ini selesai, kita akan memiliki cukup koin untuk membayar ongkos perjalanan. Kemudian, tembok berikutnya yang kita bangun akan menjadi rumah pertanian di rumah baru kita." Torstan memejamkan matanya sejenak, seakan membayangkan seperti apa bentuk rumah itu. Kemudian dia kembali menatap Ben sekali lagi. "Dan jika kamu menjatuhkan salah satu batu untuk rumah kita, akan ada neraka yang harus dibayar, aku janji."

Ben menganggguk. "Tentu saja tidak. Ini akan menjadi rumah kita. Setiap batu yang dipotong dengan tangan dari batu kapur Swan River. Aku bahkan akan mengukir dua atau tiga gargoyle untuk melindungi tempat ini saat kita tidak di rumah."

Torstan menggelengkan kepalanya. "Jangan konyol. Gargoyle hanya untuk kastil dan katedral dan tempat-tempat megah lainnya, bukan untuk pondok kita. Dan kau masih kekurangan satu gargoyle untuk kastil ini, jadi sebaiknya kau kembali menuruni bukit itu dan mulai mengerjakannya, atau kita tidak akan selesai tepat waktu dan Sir William akan marah."

Lebih buruk lagi, dia mungkin akan memotong gaji mereka, yang tidak mampu mereka bayar. "Ya, Tuan Torstan." Ben mencoba memberi hormat militer, tapi ia hanya berakhir dengan menepukkan tangannya ke dahinya dan berharap tidak meninggalkan memar.

"Dan jauhi Nona Burke. Jika Sir William tahu Anda merayunya, dia akan memecat kami sebelum Anda sempat mengedipkan mata."

"Aku tidak sedang berpacaran dengannya!" Ben menjawab dengan panas.

"Katakan itu pada Sir William, jika dia melihatmu, tapi aku ragu itu akan menyelamatkanmu. Nona Burke berada di atasmu seperti bulan dan bintang, dan hampir tak tersentuh. Satu kata atau senyuman yang diberikan kepadanya bisa membuat kita gagal berangkat ke Koloni. Tidak ada wanita, tidak peduli seberapa cantik atau seberapa hidup pembicaraannya, yang layak kehilangan masa depanmu."

Ada kegelapan di mata kakaknya yang membuat Ben menggigil.

"Akan ada banyak wanita di Koloni yang menunggu seorang petani kaya raya, tunggu dan lihat saja, Ben. Kau akan memilih mereka. Yang kita butuhkan hanyalah menuju ke sana." Torstan membuat gerakan mengusir. "Sekarang, pergilah ke gargoyle itu."

Saat Ben berjalan dengan susah payah menuruni bukit untuk kembali ke pekerjaannya, dia tidak bisa tidak berpikir bahwa tidak peduli berapa banyak wanita yang ada di Koloni, yang bersedia dan siap untuknya, tidak ada yang bisa menyamai percakapan yang dia lakukan dengan Nona Pamela Burke.

Dia tahu bahwa wanita itu terlalu bagus untuk pria seperti dirinya - dia mungkin akan menikah dengan seorang bangsawan kaya yang akan membawanya ke Italia untuk berbulan madu, dan membayar seorang pelukis Italia untuk mengabadikan kecantikannya di atas kanvas dengan cat minyak yang harganya terlalu mahal untuk Ben jangkau - tetapi hal tersebut tidak menghentikannya untuk memimpikan hal yang mustahil. Bahwa dengan suatu keajaiban, Ratu akan memberinya tanah dan gelar untuk menyertainya, sehingga dia bisa menjadi suami yang cocok untuk seseorang yang sempurna seperti Nona Pamela Burke.

Ben tertawa pelan dalam hati. Dia ingin sekali menyentuh bintang-bintang seperti halnya kulit Pamela yang lembut dan putih. Dia mengutuk takdir yang membuat mereka begitu dekat, namun begitu jauh.

Sebelas

"Bagaimana konstruksinya?"

Torstan hampir terjatuh dari tangga saat mendengar kata-kata Sir William, karena suara itu bukan milik orang lain.

"Baiklah, Pak," kata Torstan. "Saya yakin, kami akan menyelesaikannya dalam waktu dua minggu. Tinggal menara yang harus saya selesaikan, dan adik saya sedang mengerjakan gargoyle terakhir sekarang."

Ben memang sedang memalu sebuah balok batu, dan untuk kali ini, Nona Burke tidak terlihat. Terima kasih Tuhan dan semua malaikatnya untuk itu. Wanita adalah masalah, mengubah pria yang biasanya waras menjadi orang gila yang mengoceh, yang akan melupakan semua harapan dan impiannya sendiri demi sebuah kesempatan untuk menyelinap di antara kedua paha wanita. Dan itu baru permulaan, karena sekali Anda meniduri wanita itu, selalu ada kemungkinan dia akan mengandung, dan Anda akan memiliki seluruh keluarga wanita itu di belakang Anda jika Anda tidak menikahi dara itu. Seorang gadis telah mencoba menipunya untuk melakukan pernikahan semacam itu, tapi dia berhasil menundanya cukup lama untuk menyadari bahwa gadis itu tidak mengandung, apalagi memiliki seorang anak, dan dia telah melarikan diri dengan bahagia. Dia tidak akan menjadi orang bodoh yang mudah tertipu lagi. Dia tidak akan meniduri gadis lain sampai dia yakin bahwa gadis itu akan menjadi istri yang baik, dan bahkan saat itu, dia tidak akan meniduri gadis itu sampai dia menjadi istrinya. Dan dia bahkan tidak akan mempertimbangkan untuk mencari seorang istri sampai dia membangun sebuah rumah pertanian untuk mereka tinggali, di tanah mereka sendiri di Koloni Sungai Angsa.

Sir William tampak menatapnya dengan penuh harap. Sial, apakah dia mengajukan pertanyaan saat Torstan sedang mengumpulkan wol?

"Maaf, Pak, tapi bisakah Anda mengulanginya?"

"Jika Anda akan selesai pada hari Sabtu dua minggu, saya akan menawarkan bonus kecil untuk Anda dan saudara Anda. Saya akan kedatangan tamu, dan saya ingin rumah saya terlihat semakmur mungkin. Jika semua berjalan lancar, aku berharap bisa menikahkan putriku sebelum tamu-tamuku pergi, tentu saja jika dia tidak memilih untuk segera menikahinya. Jadi saya ingin kebodohan ini selesai secepat mungkin."

Nona Burke menikah adalah berita yang paling baik. Suaminya akan memastikan bahwa ia tidak punya waktu untuk membuat masalah bagi Ben, dan akan ada lebih banyak uang untuk mereka berdua. "Sir William, aku berjanji padamu, kebodohanmu akan selesai sebelum matahari terbenam pada hari Sabtu minggu depan. Lengkap dengan dua gargoyle di atas menara, seperti yang telah kita sepakati."

Sir William mendengus sesuatu yang terdengar seperti "bagus" sebelum ia melangkah menuju rumah bangsawan yang disebutnya Burke Castle.

Dua Belas

Pamela tidak kembali hari itu, atau keesokan harinya, dan saat hujan turun, yang semakin meredupkan suasana hati Ben, ia putus asa untuk bertemu Pamela lagi sebelum pekerjaan mereka selesai. Satu-satunya hal yang membangkitkan semangatnya adalah bekerja dengan batu, karena gargoyle itu akhirnya datang kepadanya, dan dia sibuk memahatnya. Tidak seperti gargoyle pertama, yang siap menyerang dari atas, dengan sayapnya yang terbentang, gargoyle yang satu ini duduk di atas alas kecilnya, dengan sayap terlipat di belakangnya, mengamati dunia di bawahnya. Ben telah menyelesaikan semuanya kecuali wajahnya, karena dia tidak tahu ekspresi seperti apa yang harus diberikan. Apakah ia murung, melihat dunia yang tidak bisa menjadi bagian darinya, atau apakah ia menatap dengan tatapan sedih karena ada yang salah dengan dunia ini?

"Dengan ekspresi wajahmu itu, aku mulai bertanya-tanya apakah kamu telah bertukar jiwa dengan iblis. Dia di dalam tubuhmu, dan jiwamu di dalam batu."

"Nona Pamela!" Ben berputar, lengannya melebar seolah-olah dia akan memeluknya. Astaga, apa yang salah dengan dirinya?

Untungnya, ia tidak terlihat khawatir, hanya mundur selangkah sambil menggelengkan kepala dan mengulurkan buku sketsanya. Dia telah menggambar satu halaman penuh dengan wajah-wajah, semuanya wajahnya, dengan berbagai ekspresi garang dan marah. Dalam satu gambar, dia bahkan menangkapnya sedang memamerkan giginya seperti binatang buas.

Dia mengetuk yang bergigi. "Bisakah kamu mengangkat ini? Saya rasa saya telah menemukan wajah yang sempurna untuk mengenakan gargoyle ini."

Pamela hanya tertawa lebih keras. "Tidak, kamu tidak bisa! Kalau begitu aku benar-benar tidak akan tahu perbedaan antara manusia dan setan!"

"Tentu saja. Saya tidak akan pernah melihat Anda seperti itu."

"Memang tidak boleh, karena saya akan menggambar selusin gambar wajah Anda dengan alis Anda ditarik rendah, bibir Anda melengkung seperti geraman, hal yang Anda lakukan saat Anda mengembang hidung Anda seperti kuda..."

"Aku tidak mau!"

"Kamu pasti bisa! Lihat, Ben, kamu melakukannya di sini!"

Sialan, dia benar. Dia memang terlihat seperti kuda yang tidak puas.

Perlahan-lahan, bibirnya melengkung menjadi sebuah senyuman. "Maafkan saya, Nona Pamela, karena tentu saja Anda benar, seperti biasa. Tapi saya tidak pernah bisa marah pada Anda."

"Mungkin saja, jika Anda tahu mengapa saya tidak masuk kerja beberapa hari terakhir ini. Ayah saya kedatangan tamu, dan Kastil Burke perlu dibersihkan dari atas sampai bawah, dan dia bilang saya harus mengawasinya, sebagai nyonya rumah, karena para tamunya akan berpikir buruk tentang saya jika ada sesuatu yang tidak beres. Saya tidak mengerti mengapa, karena Nyonya Jewkes, pengurus rumah tangga, melakukan segalanya, termasuk mempekerjakan beberapa gadis dari desa untuk melakukan pekerjaan berat. Dia akan memerintahkan mereka untuk melakukan ini dan melakukan itu dan meletakkan ini di sini dan di sana, lalu bertanya kepada saya apakah menurut saya semuanya sudah berada di tempat yang tepat, atau cukup bersih atau... oh, sejuta pertanyaan yang tak berkesudahan tentang hal yang tidak penting sama sekali, seolah-olah saya tahu cara terbaik untuk menyemir meja! Bukan berarti jawaban saya tidak penting, karena dia mengarahkan para gadis sesuka hatinya. Sekarang pekerjaannya sudah selesai, dan dia sibuk memasak berbagai macam pai dan kue untuk saat tamu-tamu Ayah tiba, jadi saya melarikan diri." Dia tampak sangat senang dengan dirinya sendiri.

Tidak, dia hampir tidak marah. Emosi yang paling tinggi dalam pikiran Ben adalah rasa lega karena bisa bertemu dengannya lagi. "Melarikan diri untuk membantuku menghabisi iblis ini."

Mereka berdua tertawa, sebelum Ben kembali mengerjakan gargoyle itu, sambil sesekali melirik buku sketsa Pamela.

"Apa nama koloni yang Anda rencanakan untuk beremigrasi?" Pamela bertanya.

"Koloni Swan River, di pantai barat Australia," jawab Ben. "Paman saya pergi ke sana ketika dia tidak jauh lebih tua dari saya sekarang, dan dia mengirimi ayah kami surat yang berisi pujian untuk tempat itu, mendesaknya untuk datang dan bergabung dengannya. Kakak tertua saya, Dunstan, baru saja lahir saat itu, atau mungkin juga Torstan. Ayah mengirim surat kembali kepadanya, mengatakan bahwa kami semua akan datang ke Koloni ketika anak laki-laki sudah cukup umur, dilatih dalam perdagangan yang akan berguna di koloni yang masih muda. Itulah sebabnya Torstan menjadi tukang batu, dan Dunstan belajar bertani sebelum melaut, dan sa ya... yah, saya hanya membantu kakak saya, sebagian besar, itulah yang akan saya lakukan saat kami tiba di sana, saya yakin. Dunstan menginginkan sebuah peternakan, lebih besar dari yang kami kelola di sini sebelum semua tuan tanah beralih ke peternakan. Sesuatu yang bisa diwariskan pada anak-anaknya, jika dia punya anak. Torstan ingin membangun kota pertama Koloni, bangunan yang akan bertahan selama berabad-abad. Mereka semua ingin meninggalkan warisan, begitu juga dengan saudara-saudaraku."

"Apa yang ingin Anda lakukan di koloni?" Pamela bertanya.

Ben mengangkat bahu. "Saya bermaksud mencari peruntungan, dengan satu atau lain cara. Entah itu membantu saudara-saudara saya dengan pekerjaan mereka, atau membuat patung gubernur dan penjelajah terkenal."

"Anda mungkin akan menemukan emas, dan menjadi kaya raya!" katanya.

Ben tertawa. "Tidak, demam emas ada di Amerika, saya yakin itu. Anda memiliki koloni-koloni yang bercampur aduk."

Pamela menggelengkan kepalanya. "Ayah mendapatkan koran yang dikirim dari London. Baru minggu lalu, ada cerita tentang emas di koloni New South Wales, dan di koloni baru yang dinamai sesuai nama Ratu kita, Victoria. Sebuah kapal penuh dengan emas tiba di Inggris, dan koran-koran penuh dengan rumor bahwa ada emas di seluruh benua Australia. Mereka tidak mengatakan apa pun tentang Swan River, tetapi jika itu adalah bagian dari benua yang sama, saya yakin ada emas di sana juga."

"Mungkin," katanya, tidak berani berharap. Pertama-tama ia harus menyelesaikan gargoyle ini sebelum ia bisa sampai ke sana, dan membantu saudara-saudaranya untuk membangun bisnis mereka, sebelum ia berpikir untuk mengejar emas.

"Seperti apa Koloni Swan River ini? Apakah penuh dengan narapidana, seperti New South Wales dan Van Diemen's Land?"

Ben tertawa. "Tidak, ini adalah koloni bebas, meskipun banyak pemukim pertama yang menjadi hamba kontrak, atau, seperti Paman Stanley, mereka mendaftar untuk skema pemukiman kelompok. Seorang bangsawan bernama Peel menyediakan uang untuk membeli kapal dan persediaan, dan membawa orang-orang untuk membuka lahan dan membangun rumah di atasnya, dan orang-orang itu mendapatkan pilihan rumah dan tanah ketika semuanya selesai. Di sana, kita akan menjadi tuan kita sendiri di negeri tanpa tuan, di mana kita akan menjadi tuan atas semua yang kita survei, bebas menikahi siapa pun yang kita inginkan dan membesarkan keluarga tanpa takut semuanya diambil oleh tuan tanah yang jauh untuk melunasi utang judi di London."

Pamela memejamkan matanya, raut kerinduan terpancar di wajahnya. "Oh, saya berharap bisa pergi ke sana. Kedengarannya seperti kebahagiaan yang mutlak."

"Kamu harus. Mintalah ayahmu untuk mengantarmu."

"Ayah saya tidak akan pernah setuju."

"Yah, ayahmu sudah memiliki hak milik dan tanah di sini. Dia tidak membutuhkan lebih banyak lagi, terutama yang jauh dari rumah."

Pamela menundukkan kepalanya. "Mungkin."

"Saya memiliki sebuah buku peninggalan paman saya. Buku ini sudah tua dan mungkin sedikit ketinggalan zaman, tapi menjelaskan tentang Swan River Colony dengan sangat rinci, jika Anda ingin meminjamnya. Mungkin Anda bisa menunjukkannya pada ayah Anda." Dia berhenti sejenak, berdebat apakah akan berlari mengambilnya sekarang. Tidak, lebih baik menyelesaikan gargoyle ini dulu. "Aku akan membawanya dari pondok besok."

"Atau saya bisa ikut dengan Anda untuk mengambilnya saat Anda selesai bekerja hari ini. Saya bahkan tidak tahu di mana Anda tinggal."

"Pondok Kelp, di tepi laut. Ayahmu mengizinkan kami tinggal di sana selama kami mengerjakan kebodohan ini, tapi kami harus memperbaiki atapnya terlebih dahulu. Atapnya sudah benar-benar runtuh."

Pamela mengangguk. "Saya tahu di mana itu. Dulu tempat ini merupakan salah satu tempat favorit saya untuk berjalan-jalan pada hari-hari yang cerah, kecuali saat ada badai dan pantai penuh dengan rumput laut."

"Rumput laut adalah pupuk terbaik untuk ladang di sini. Tanpa rumput laut, sebagian besar pertanian di sini tidak akan ada."

"Saya... hanya tahu sedikit tentang pertanian, atau pupuk, saya khawatir."

Dan mengapa dia harus melakukannya? Sebagai wanita yang baik, Pamela tidak akan pernah perlu bekerja sehari pun dalam hidupnya. Wanita yang terlalu baik untuk orang seperti dia.

Kecuali jika dia menemukan harta karun berupa emas di Koloni...

Tiga Belas

Ketika Pamela kembali ke rumah, ia menemukan ayahnya di perpustakaan, menatap kertas-kertas di mejanya dengan raut wajah yang paling menakutkan. Campuran antara rasa takut dan marah dan sesuatu yang seperti putus asa, dengan sedikit kepasrahan. Dia tidak memiliki keinginan untuk membuat sketsa ekspresi ini - dia lebih memilih untuk melupakan bahwa dia pernah melihatnya.

"Ayah, ada apa?"

Dia mendongak, rasa lelah menyelimuti bahunnya. "Saya khawatir setelah tamu-tamu kita tiba, saya harus pergi ke London untuk urusan bisnis."

"Aku bisa pergi denganmu," katanya, tawarannya hanya setengah hati, karena dia tahu apa yang akan dikatakannya.

"Tidak, tidak. Penginapan saya tidak cocok untuk siapa pun kecuali seorang bujangan tua seperti saya. Selain itu, kamu harus menjamu tamu-tamu kita. Jika dia... jika mereka menganggapmu menyenangkan, seperti yang saya yakin dia akan lakukan, kamu akan memiliki masa depan yang lebih baik daripada yang bisa saya berikan padamu. Dan kau akan aman. Kamu harus tinggal di sini."

"Ya, Bapa."

"Tuhan tahu seseorang harus melindungimu dari para krediturku, karena aku tidak bisa." Dia mengatakan hal ini dengan suara yang sangat pelan, Pamela menduga dia tidak seharusnya mendengarnya.

Dia tahu dia harus berpura-pura tidak mendengarnya, tapi keputusasaan di mata ayahnya begitu menyayat hati, dia tidak bisa tinggal diam. "Ayah, jika ini karena hutang Kakek, mungkin kita harus menyewakan Kastil Burke, dan pergi ke salah satu Koloni. Di sana banyak uang yang bisa dihasilkan, dan di sana ada emas... bahkan mungkin cukup untuk melunasi hutang-hutang properti itu, dan membuat kita bisa hidup dengan nyaman lagi."

Ayah menatapnya sejenak, seakan-akan dia ingin sekali melakukan apa yang dia minta. Lalu dia menggelengkan kepalanya. "Bermigrasi ke Koloni membutuhkan koin yang sudah tidak saya miliki lagi." Dia mengambil sebuah tas yang bergemerincing ketika dia mengguncangnya. "Hanya ini yang tersisa, setelah mempekerjakan pelayan dan membeli perbekalan untuk menjaga agar para tamu tetap dalam gaya yang biasa mereka lakukan. Ini adalah bayaran untuk para tukang batu, yang membangun kebodohan yang menghadap ke laut. Setelah ini, saya tidak akan memiliki dua koin untuk digabungkan, apalagi membayar perjalanan ke sisi lain dunia, atau persediaan yang dibutuhkan untuk mendirikan rumah yang nyaman di salah satu Koloni. Sedangkan untuk emas ... Saya tidak akan pernah bisa mengeruk di dalam bumi seperti penambang batu bara. Aku seorang ksatria kerajaan, bukan orang biasa. Dan kau... belantara California bukanlah tempat untuk wanita muda yang dibesarkan dengan lembut. Mungkin jika kau sudah menikah, dan bepergian dengan suamimu, itu akan berbeda, tapi Colbrand punya tugas di rumah. Tidak, kita akan mengambil kesempatan kita di sini, apa adanya."

Jantung Pamela terasa sesak. "Mungkin bukan California. Ada juga emas di Australia, seperti yang kita baca di koran-koran minggu ini."

Ayah menggelengkan kepalanya. "Sebuah negara yang dipenuhi dengan narapidana? Aku tidak akan tahu kedamaian sehari pun, karena kamu tidak akan aman, dan aku hanya seorang diri - aku tidak dapat melindungimu dari begitu banyak orang jahat. Tidak, Pamela, kita harus menghadapi kenyataan, dan tidak mengejar lamunan. Sebaliknya, fokuskan semua energi Anda untuk menjadi nyonya rumah paling menawan yang pernah dilihat oleh para tamu. Mungkin tunjukkan pada mereka beberapa sketsa tercantik Anda tentang pemandangan di sekitar sini. Karena jika Anda tidak cukup untuk menggodanya, mungkin tanah yang menjadi mas kawin Anda..." Dia meraih botol di atas meja dan menuangkan segelas minuman beralkohol apa pun yang ada di dalamnya, lalu meminumnya.

Jika Ayah berbicara omong kosong seperti itu sekarang, kemungkinan besar itu bukanlah gelas pertamanya, atau gelas kedua atau ketiganya. Buku Ben tidak akan mengubah pikirannya, tapi mungkin dia bisa membacanya malam ini, dan itu akan memberinya beberapa ide tentang bagaimana dia bisa meyakinkan ayahnya besok.

Empat Belas

Torstan melangkah masuk ke dalam pondok, wajahnya dihiasi senyuman. "Siapkan meja untuk tiga orang, Ben, karena aku punya kejutan untukmu - pembawa berita terbaik yang akan kamu dengar sepanjang minggu... tidak, sepanjang tahun!"

Pikiran Ben berputar dengan berbagai kemungkinan, namun terhenti saat melihat pria yang melangkah melewati pintu setelah Torstan. "Du nstan... selama aku hidup dan bernapas, apakah kau sudah pulang?"

Dunstan menyelimutinya dengan pelukan, yang tidak terasa begitu erat seperti saat ia masih kecil. Ben adalah seorang pria dewasa sekarang, dan bukan anak kecil lagi.

"Saya hanya berkunjung sebentar, karena kami akan segera melaut lagi. Dan, Insya Allah, ketika saya pergi, Anda juga akan pergi, karena saya membawa kabar baik!"

Torstan menghidangkan roti dan sup yang dibawanya dari penginapan desa, sementara Dunstan memberi tahu mereka bagaimana dia mengatur perjalanan mereka di Scindian sampai ke Koloni Sungai Angsa. Koin yang mereka hemat dapat digunakan untuk membeli persediaan yang dapat mereka jual atau gunakan setelah mereka sampai di tempat tujuan, lebih baik untuk memulai hidup di dunia baru yang menanti mereka.

"Kita harus menyelesaikan kebodohan ini terlebih dahulu, dan mengambil bayaran kita, baru kita bisa pergi. Apakah ada cukup waktu?" Torstan bertanya.

"Kapal Scindian akan berlabuh beberapa minggu di pelabuhan, dan Kapten Cammell tahu saya akan datang, jadi kita harus tiba tepat waktu. Tapi Ben harus mengunjungi Ratu sebelum kita pergi. Kami sudah berjanji kepada Ibu sebelum dia meninggal."

Ben tertawa terbahak-bahak, meskipun kedua kakaknya terlihat sangat serius. "Ratu Victoria tidak akan pernah melihat orang sepertiku!"

"Bah, bukan ratu Inggris. Ratu penyihir, yang bisa melihat masa depan. Ratu Kelpies, di pondoknya di Isle of Skye." Dunstan meletakkan mangkuknya yang kosong. "Aku akan membuat semua pengaturan yang diperlukan, sementara kau menyelesaikan pekerjaanmu. Kita akan berbicara dengan Ratu, sebelum kita meninggalkan pantai ini selamanya." Dia mengangkat cangkir birnya, dan Ben serta Torstan mengikutinya. "Untuk kehidupan baru di dunia baru!"

Ben menggemakan roti bakarnya, meskipun ada rasa gentar yang mengganjal di dalam perutnya. Ia tidak yakin apakah itu karena mereka akan mengunjungi penyihir, meninggalkan rumah, atau karena Pamela tidak akan ikut bersama mereka. Apapun itu, dia takut kehidupan baru mereka tidak akan semudah yang Dunstan pikirkan.

Lima Belas

"Oh, lihat, Ayah, mereka seperti akan menukik turun dan membawa seseorang!" Kata Pamela, sambil menunjuk ke arah para gargoyle.

Ben menahan senyum. Kemarin, saat mereka mengangkat para gargoyle ke tempat mereka di atas menara, dia berkata bahwa mereka terlihat seperti ingin meludahi siapa pun yang berjalan di bawah. Tentu saja, dengan adanya ayahnya di sini, dia kembali menjadi seorang wanita.

"Saya jamin, Nona Burke, dan Sir William, gargoyle-gargoyle itu terpasang di dinding sekokoh batu-batu itu sendiri, dan bahkan jika mereka hidup kembali, alih-alih hanya menjadi patung yang hidup, berkat keahlian mengukir saudara saya, Ben, mereka tidak akan pernah bisa membebaskan diri," ujar Torstan. "Anda tidak perlu takut pada mereka, Nona Burke."

"Itu sangat meyakinkan, Tuan Stone. Untuk berpikir bahwa kemampuan Anda dapat menggagalkan hal yang supernatural sekalipun," kata Pamela.

Ben berjuang untuk tidak tertawa. Dia mengolok-olok Torstan, yang terlalu gugup untuk menyadarinya.

Sir William mengerutkan kening pada putrinya. "Anda harus memaafkan putriku, Tuan Stone.

Dia memiliki imajinasi yang sangat hidup. Saya yakin itu karena terlalu banyak membaca novel di masa mudanya, tapi sekarang dia sudah dewasa dan akan segera memiliki tanggung jawab sebagai seorang wanita, dia akan memiliki hal-hal yang jauh lebih penting untuk mengisi waktunya."

"Tidak ada yang perlu dimaafkan, Sir William. Saya yakin ini adalah pujian bagi saudara saya bahwa karyanya dapat membangkitkan imajinasi seorang wanita, karena saya yakin dia adalah segalanya yang Anda inginkan dari seorang putri." Torstan mengoceh sekarang, bahkan lebih gugup dari sebelumnya. Kalau saja Sir William mau menyerahkan bayaran mereka dan kembali ke kastilnya, semuanya akan baik-baik saja.

"Memang benar. Dia akan menjadi istri yang baik bagi seorang pria suatu hari nanti."

Torstan menggumamkan sesuatu yang samar-samar terdengar mendukung, namun Sir William sepertinya tidak mendengarnya. Sebaliknya, Sir William memusatkan pandangannya pada seorang penunggang kuda yang sedang menuju ke rumahnya, mantel Inverness merahnya berkibar di belakangnya seperti panji-panji berlumuran darah.

Wajah Sir William memucat hingga menyamai warna abu-abu tua para gargoyle. Siapapun penunggangnya, dia tidak mungkin membawa kabar baik. Dia menyodorkan sebuah tas yang bergemerincing ke arah Torstan. "Ini, bayaranmu, seperti yang dijanjikan."

Torstan memasukkannya ke dalam saku bagian dalam mantelnya, dan membungkuk. "Terima kasih, Sir William. Jika Anda membutuhkan jasa tukang batu lagi, Stone bersaudara akan siap melayani Anda."

Tapi sekali lagi, Sir William tidak mendengarkan. Mungkin karena pengendara itu telah melihat mereka, dan sekarang menuju ke arah ini.

"Ho, Sir William! Sungguh mengejutkan menemukan Anda di sini, dan tidak dalam perjalanan ke London! Apakah Anda tidak menerima surat saya?" tanya sang penunggang kuda, menuntun kudanya agak terlalu dekat untuk kenyamanan, terutama karena mata binatang itu yang berputar-putar dan sisi-sisinya yang menggigil dan berbusa menandakan bahwa tidak ada cinta yang hilang di antara kuda dan penunggangnya.

Sir William menatap kudanya dan mundur beberapa langkah. "Kuda ini baru tiba kemarin, Brandon, dan karena saya memiliki urusan penting yang harus diselesaikan di sini sebelum melakukan perjalanan panjang ke London, maka akan butuh waktu seminggu atau bahkan dua minggu sebelum saya bisa berpikir untuk pergi."

Pamela mengerutkan kening, lalu menundukkan kepalanya untuk menyembunyikan wajahnya. Dari ayahnya, atau Tuan Brandon? Ben tidak bisa memastikannya, meskipun dia menduga yang terakhir. Ada yang tidak beres dengan pria yang memperlakukan kudanya dengan kejam.

Brandon tersenyum, atau setidaknya dia terlihat tersenyum. Dia memamerkan giginya, melengkungkan bibirnya ke atas, tetapi ekspresi dingin di matanya tidak pernah berubah. Sangat mengerikan, seolah-olah melihat seekor hiu yang mengenakan pakaian manusia. "Urusan yang mendesak, tentu saja. Saya menduga itu mungkin sesuatu seperti itu, jadi saya memutuskan untuk pergi ke Kastil Burke sendiri, untuk memastikan Anda menerima pesannya."

Sir William semakin memucat, sesuatu yang tidak terpikirkan oleh Ben. "Kau sangat ... baik sekali, Brandon. Dan, setelah datang sejauh ini, kau harus tinggal bersama kami."

Seringai predator itu melebar. "Saya tidak akan bermimpi untuk melakukan yang sebaliknya. Saya telah mendengar banyak tentang Kastil Burke, dan putrimu. Mungkin dia akan bersedia memberi saya tur keliling kastil?" Dia mengulurkan tangannya kepada Pamela, seolah-olah dia bermaksud menariknya ke atas pelana bersamanya.

Pamela menunduk dan membungkuk rendah, roknya menggenang di atas rumput di sekelilingnya, sebuah gambaran kesopanan. Kecuali bahwa Ben dapat melihat wajahnya yang memerah karena marah, saat dia mengertakkan gigi agar tidak membalas hinaan Brandon. Mengharapkannya untuk duduk mengangkang di atas kuda, dekat dengan seorang pria yang tidak dikenalnya, yang bahkan tidak turun untuk berkenalan - Ben mungkin bukan seorang pria terhormat, tetapi dia memiliki sopan santun yang lebih baik daripada memperlakukannya seperti itu.

"Putri saya tidak terlalu suka berkuda, karena dia jarang pergi jauh dari rumah. Jika Anda ingin berkeliling, saya akan meminta salah satu pengantin pria saya untuk memasang pelana kuda, dan saya akan menemani Anda. Ada banyak pemandangan indah yang bisa dilihat," kata Sir William, dengan senyum yang dipaksakan.

"Bagus sekali. Tapi dia akan bergabung dengan kita untuk makan malam, bukan?" Brandon bertanya.

"Tentu saja. Dia tidak ada acara lain malam ini. Pamela, pastikan kamu pulang tepat waktu untuk makan malam, dan berpakaianlah yang terbaik," kata Sir William. Dia terbatuk-batuk.

Brandon tampak seperti kucing yang diberi krim. "Oh ya. Nona Pamela harusnya sudah sampai di rumah sebelum gelap. Tidak ada yang tahu bahaya apa yang mengintai di kegelapan jalan desa."

Sir William menelan ludah. "Er, ya. Maukah Anda menemani saya ke rumah? Aku perlu.. . seekor kuda. Aku butuh kuda."

Seorang pria akan turun dari kudanya untuk berjalan bersama Sir William, tetapi Brandon menendang kudanya dengan keras di bagian sampingnya sebelum berlari kencang menuju Kastil Burke, sementara Sir William bergegas untuk menyusul.

Enam Belas

Pamela tidak percaya diri untuk mengatakan sepatah kata pun dalam menghadapi kekasaran Tuan Brandon, tetapi diamnya Pamela membuat dia mampu mengendalikan diri. Ketika dia dan ayahnya akhirnya menghilang dari pandangan, dia merebahkan diri di atas alas Sleeping Lady dan membenamkan kepalanya di kedua tangannya.

"Pamela? Apakah kamu baik-baik saja?" Ben, berkatilah dia.

"Ya... tidak... saya tidak tahu lagi. Saya takut saya berada di tepi jurang yang dalam, namun saya tidak dapat melihat apa yang ada di bawah sampai saya melangkah maju, tetapi kemudian akan terlambat, karena saya sudah jatuh..." Pamela menggelengkan kepalanya. Mungkin ayahnya benar. Ia telah membaca terlalu banyak novel, dan sekarang novel-novel itu membuatnya gila. Penjelasan apa lagi yang ada?

"Siapa Tuan Brandon? Ayahmu tampak sangat takut padanya, meskipun dia bukan seorang pria sejati, meskipun pakaiannya bagus."

Kebijaksanaan meneriakinya untuk tidak memberitahunya, tetapi dia telah menyimpan rahasia ayahnya terlalu lama. Selain itu, Brandon sendiri mungkin akan menceritakannya kepada seluruh tetangga, tanpa peduli dengan reputasi ayahnya atau reputasinya sendiri. Jadi Pamela membiarkan semuanya terbongkar. Hutang besar yang diwariskan ayahnya kepada Kastil Burke, usahanya untuk memperbaiki keadaan dan membayarnya kembali, menjual apa saja yang berharga, bahkan melepaskan para pelayannya saat dia tidak mampu lagi membayar gaji mereka. Namun, utang-utang itu terus menumpuk...

"Tuan Brandon adalah kepala kreditur ayah saya. Ayah berhutang banyak uang kepadanya, dan meskipun saya tidak tahu detailnya, dia telah mengancam ayah saya dalam berbagai kesempatan, sehingga ayah tidak pernah menyebut namanya kecuali membandingkannya dengan iblis. Ayah biasanya mengunjunginya di London, tetapi Tuan Brandon pernah datang ke Burke, ketika saya masih sangat kecil. Dia hanya menginap satu malam, dan pergi setelah bertengkar hebat dengan ayah keesokan paginya. Dua orang pelayannya ternyata juga membuatnya kesal, atau begitulah kata ayah saya - kami masih memiliki pembantu saat itu. Saya ingat Tuan Brandon mengatakan bahwa mereka pantas mendapatkan yang lebih buruk daripada dipukuli atas penghinaan mereka. Salah satu dari gadis-gadis itu hampir tidak bisa berjalan, dan yang lainnya... wajahnya membengkak seperti orang yang garang, jadi saya hampir tidak bisa mengenalinya, dengan semua memar dan sebagainya." Syukurlah kali ini mereka tidak memiliki pembantu yang bisa membuatnya kesal. Gadis-gadis desa pulang ke rumah pada malam hari, dan Nyonya Jewkes sangat bisa diandalkan, dia akan merawat Tuan Brandon dengan sangat baik sehingga dia tidak akan pernah mengeluh.

Ben mendengarkan semua ini, mengangguk-anggukkan kepalanya, tetapi tidak mengatakan apa-apa. Hingga ekspresinya menjadi gelap saat menyebut para pelayan yang kurang ajar itu. "Ayah saya selalu berkata untuk tidak pernah mempercayai pria yang menganiaya kudanya, atau memukuli wanita. Tuan Brandon Anda memang terdengar seperti penjahat. Anda harus memastikan untuk mengunci pintu kamar tidur Anda di malam hari, dan berhati-hatilah untuk tidak pernah berduaan dengannya, karena pria itu adalah salah satu penjahat terburuk yang pernah saya temui, saya berani mempertaruhkan nyawa saya."

"Dia orang yang sangat kaya, Ben, mungkin salah satu orang terkaya di Inggris, atau begitulah kata ayahku. Kita tidak boleh berbicara buruk tentang dia, karena dia memiliki mata-mata di mana-mana, dan hanya karena kebaikannya, ayahku bisa terhindar dari penjara pengutang."

Ben meringis. "Pamela, aku baru mengenal pria itu selama beberapa menit, dan aku sudah bisa memberitahumu, Tuan Brandon tidak memiliki sifat yang baik. Dia kejam seperti hiu yang mengenakan mantel . Aku takkan mempercayainya dengan isi panci kamarmu, apalagi mengizinkannya masuk ke rumahku. Apa yang ayahmu p ikirkan... tapi rasa takut dapat mengubah pikiran menjadi gila sama seperti pukulan di kepala. Mungkin ayahmu tidak berpikir jernih. Tapi ka u... dengan pikiranmu yang cepat, kau pasti tahu lebih baik. Jika Tn. Brandon mengatakan atau melakukan sesuatu yang membuatmu yakin bahwa kau dalam bahaya, seperti yang aku yakini, jangan tinggal di bawah satu atap yang sama lebih lama lagi. Datanglah ke Kelp Cottage, dan aku dan saudara-saudaraku akan melindungimu. Aku berjanji."

Pamela tertawa terbahak-bahak. "Ben, tidak. Kau bicara omong kosong. Setelah dia minum beberapa gelas brendi, pria akan mengatakan banyak hal bodoh yang tidak ada artinya. Selain itu, jika itu seperti yang Anda katakan, dan dia bukan seorang pria sejati, maka sikapnya akan lebih kasar daripada yang biasa saya lakukan, dan sebagai nyonya rumah yang baik, tugas saya adalah membuatnya merasa nyaman, bukannya tersinggung. Anda harus mengerti..."

Ben mencengkeram lengannya, tangannya terasa panas bahkan sampai menembus lengan bajunya. "Pamela, tolong, dengarkan aku. Pria itu kasar dan dia serius dengan setiap penghinaan, setiap hal kecil. Saya tahu sifat-sifatnya dan saya tidak mempercayainya. Berjanjilah padaku bahwa jika ada sesuatu yang terasa salah, jika kamu mengalami sedikit saja rasa takut pada sesuatu yang dikatakan atau dilakukan Tuan Brandon, kamu tidak boleh berhenti - kamu harus lari. Lari sampai ke Kelp Cottage."

Dia menatap matanya, tidak bisa berpaling. Ketulusan memancar dari kedalaman abu-abu kehijauan itu, saat panas tangannya menjalar ke lengan dan dadanya, menggenang di jantungnya. Dia berharap dia memiliki keberanian seperti salah satu tokoh utama dalam novelnya, sehingga dia dapat mencondongkan tubuhnya ke depan dan menciumnya. Tapi dia tidak berani.

"Saya... dan saudara-saudara saya... akan melindungi Anda dengan nyawa kami," Ben berjanji.

Dia mempercayainya. "Terima kasih," katanya lirih. "Saya yakin itu tidak perlu. Tapi terima kasih, sama saja." Suara derap kaki menarik perhatiannya, saat Tuan Brandon dan ayahnya memulai tur mereka di perkebunan. Untuk sesaat, ia mengira Brandon menatapnya, tetapi matanya pasti tertuju pada kastil.

Dia mengguncang dirinya sendiri. Ini konyol. Dia harus segera pulang dan berpakaian untuk makan malam, atau ayahnya akan marah. "Terima kasih untuk semuanya, Ben. Saat aku membawa buku sketsaku ke sini di pagi hari untuk menggambar fajar di atas kebodohan yang sudah selesai, kau akan melihat betapa konyolnya kecurigaan seperti itu, dan kita bisa menertawakannya bersama-sama."

Senyum Ben lebih gelap, lebih sedih dari biasanya. "Saya harap Anda benar, Nona Pamela." Dia membungkuk rendah, sebelum menuruni bukit, menuju rumahnya.

Tujuh Belas

Ketika ia kembali ke pondok, ia menemukan saudara-saudaranya sedang sibuk mengemasi barang-barang mereka, dan mereka menyambutnya dengan perintah untuk melakukan hal yang sama.

"Apa yang terjadi?" tanyanya, sambil memasukkan kemeja dan kaus kaki cadangannya ke dalam jubah musim dinginnya, sebelum menggulung semuanya ke dalam satu bungkusan dan memasukkannya ke dalam karung. "Ke mana kita akan pergi?"

"Ke Koloni Sungai Angsa, tentu saja! Tapi pertama-tama kita harus mengunjungi Ratu Kelpies. Saya sudah mengatur untuk meminjam perahu, tapi kita harus berangkat malam ini, dan kembali pada hari Minggu malam, karena perahu itu akan dibutuhkan untuk air pasang di pagi hari pada hari Senin," kata Dunstan. "Begitu kita kembali, kita harus segera berangkat, jika kita ingin mencapai kapal Scindian sebelum dia berlayar. Jadi kemasi barang-barang Anda sekarang, karena tidak akan ada waktu lagi."

"Tapi... Pamela..." Ben mulai. Dia telah menyuruhnya untuk datang kepada mereka jika dia membutuhkan bantuan. Bagaimana jika dia datang ke rumah mereka, dan mereka tidak ada di rumah? Dia sudah berjanji padanya!

"Kami memberi Anda waktu untuk mengucapkan selamat tinggal, dan Anda juga meluangkan waktu untuk itu. Yang terbaik untuk semua orang, mengingat dia akan segera menikah dengan seorang teman ayahnya, atau begitulah katanya."

"Bukan Brandon!" Ben berseru.

Torstan menggelengkan kepalanya. "Bukan, seseorang bernama Colbrand, atau semacamnya. Seorang duda dengan anak-anak, yang ingin memberikan anak-anaknya seorang ibu. Seorang temannya. Akan tiba besok bersama ibu dan anak-anaknya. Seorang pria, seperti yang pantas untuk seorang wanita. Mereka akan menikah dalam minggu ini, kata Sir William."

Seandainya Pamela mengetahui hal ini? Tentunya dia akan mengatakan sesuatu jika dia tahu. Surga tahu mereka telah mendiskusikan hampir semua topik yang ada di bawah matahari. Ben menelan ludah. Ia tahu Pamela terlalu baik untuknya, dan ia mungkin tidak mengatakan apa-apa karena Pamela bermaksud membuatnya merasa nyaman, seperti yang ia rencanakan untuk dilakukan pada Brandon si perampok itu. Dia pantas mendapatkan kehidupan sebagai istri seorang pria, dengan lebih banyak pelayan daripada pembantu rumah tangga yang dipekerjakan ayahnya. Ini yang terbaik, katanya pada dirinya sendiri.

Namun ketika dia mengikuti saudara-saudaranya ke perahu dan mereka meninggalkan pantai, angin dingin bersiul di dalam hatinya, membisikkan bahwa dia bodoh karena menginginkan Pamela untuk dirinya sendiri, ketika dia tidak akan pernah memilih seseorang yang rendah seperti dia.

Mungkin angin dan saudara-saudaranya benar. Tapi itu tidak mengurangi rasa sakit karena kehilangannya.

Delapan Belas

Terlepas dari peringatan Ben, makan malam itu berlangsung membosankan. Brandon makan seperti seorang pria sejati, mendiskusikan cuaca dan hasil panen dengan ayahnya seperti sebuah acara makan malam biasa. Bahwa dia dan ayahnya hampir tidak makan sedikit pun di antara mereka, atau bahwa ayahnya meminum beberapa gelas anggur lebih banyak dari biasanya, tampaknya tidak diperhatikan oleh tamu mereka. Tn. Brandon juga tampaknya tidak keberatan bahwa Pamela tidak mengatakan apa-apa, meskipun matanya terus tertuju pada Pamela selama makan malam, bahkan ketika dia berbicara dengan ayahnya.

Akhirnya, hidangan penutup selesai dan Nyonya Jewkes mengeluarkan brendi. Pamela melompat berdiri. "Saya akan melihat apakah ada kopi dan kue di ruang tamu, setelah Anda selesai," katanya sambil bergegas keluar.

Tentu saja, dia pergi untuk menyegarkan diri terlebih dahulu, dan di kamar tidurnya, dia melihat salinan buku The Emigrant's Guide yang dipinjamkan Ben kepadanya. Dia harus membawanya untuk ditunjukkan kepada Ayah, dan mungkin Ayah akan berubah pikiran untuk pergi ke Koloni. Mungkin Tuan Brandon, sebagai kreditur terbesar Ayah, akan mendukungnya, karena pastinya dia ingin agar utang Ayah dilunasi seperti dirinya.

Pamela berlari menuruni tangga, lalu memperlambat langkahnya menjadi lebih anggun saat ia melewati ruang makan menuju ruang tamu. Pintu terbuka, dan suara suara yang meninggi terdengar.

"Aku berkata kepadamu, Burke, hanya ada satu cara yang akan terjadi, dan itulah yang aku katakan."

"Tapi Brandon, dia sudah bertunangan dengan Colbrand, yang akan datang ke sini besok bersama kedua anaknya yang yatim piatu untuk merayakan pernikahan mereka! Saya tidak bisa membatalkan pertunangannya - dia akan menuntut saya atas pelanggaran kontrak!"

"Itulah mengapa saya harus memilikinya hari ini. Malam ini, sebenarnya, malam pertamaku di kastil baruku. Karena saya tahu apa yang Anda lakukan, dan ayah Anda akan membalikkan badan di kuburnya jika dia tahu betapa tidak terhormatnya Anda bermaksud menipu saya tentang apa yang Anda hutangkan! Kastil dan tanah ini adalah milikku, meskipun mereka tidak akan menutupi biaya hutangmu, dan jika hukum mengikat mereka sebagai mas kawin putrimu, sebagai satu-satunya ahli warismu, maka kamu harus memberikan gadis itu kepadaku juga. Mungkin aku akan mempekerjakannya di salah satu rumah kesenanganku. Dia akan mendapatkan penghasilan yang lumayan untuk satu atau dua tahun pertama, sampai penampilannya memudar atau terkena cacar. Bahkan kemudian, akan ada banyak pria yang akan membayar ekstra untuk meniduri seorang wanita."

Pamela menjatuhkan buku itu dengan ngeri. Untungnya, buku itu hampir tidak menimbulkan suara saat mendarat di atas karpet. Dia mengambilnya lagi, mendekapnya di dadanya, seolah-olah buku itu dapat membantu menutup jurang yang tiba-tiba terbuka karena pengkhianatan ayahnya. Tapi tidak... dia tidak bisa. Dia tidak akan...

"Brandon, kumohon, aku mohon! Dia adalah satu-satunya putriku. Hanya dia yang kumiliki. Ambil kastil dan semua tanahku, tapi biarkan dia menikah dengan Colbrand. Dia tidak pantas menerima nasib seperti itu."

"Ini semua atau tidak sama sekali, Burke. Entah Anda memberikannya kepada saya, atau saya akan mengirim Anda berdua ke penjara pengutang. Either way, dia tidak akan lebih dari seorang pelacur biasa. Kemudian lagi, dia mungkin sudah melacur selama beberapa waktu, membiarkan para pemotong batu biasa memilikinya."

"Pamela tidak akan pernah... dia gadis yang baik, dia tidak akan melakukannya..."

"Bagaimana kalau kita menelanjanginya di atas meja ini, dan lihat? Saya dapat dengan mudah mengetahui apakah dia masih perawan atau pelacur, karena perbedaan antara keduanya adalah pound dan sen, dalam hal harga yang akan dibayar pria untuknya. Suruh gadis itu sekarang, Burke, dan Anda akan melihatnya menggeliat!"

Ben benar.

Pamela tidak berhenti untuk berpikir. Ia bergegas menuju pintu.

Sembilan Belas

Mereka bergantian mendayung sepanjang malam, membiarkan cahaya bulan yang terang menerangi jalan mereka, lalu tidur di pantai sampai fajar menyingsing, saat mereka menuju ke atas bukit menuju pondok yang menurut Dunstan adalah milik Ratu Kelp. Pondok itu tidak terlihat lebih megah dari Kelp Cottage, tentu saja bukan rumah seorang ratu, tetapi bahkan ketika Ben membuka mulut untuk mengatakannya, Dunstan membungkamnya.

"Ratu Kelpies memiliki istana di bawah air, yang hanya bisa dijangkau oleh para kelpies. Dia hanya meninggalkannya ketika dia memberikan audiensi kepada salah satu dari kita, manusia biasa, dan ini adalah pondok yang didatanginya, karena kelpies lain akan memakan kita hidup-hidup karena berani memasuki istananya. Dia bisa meramal masa depan, dan penglihatannya menjadi kenyataan. Ibu berkata bahwa dia diberitahu bahwa dia akan memiliki tiga anak laki-laki, yang akan melakukan perjalanan menyeberangi lautan dan tinggal di sebuah negara yang sangat aneh, di mana putih adalah hitam, dan baru setelah dia membaca surat Paman Stanley tentang angsa yang berwarna hitam, bukan putih, dia baru mengerti. Ratu membuat Ibu bersumpah bahwa dia akan mengirim kami bertiga kepadanya untuk mendengar masa depan kami, dan itu adalah keinginan terakhir Ibu yang membuat kami datang ke sini hari ini." Dunstan melihat ke sekeliling pada yang lain. "Jadi kami akan bersujud kepada Ratu, berterima kasih kepadanya dengan penuh kemurahan hati karena telah memberikan hadiah ini kepada Ibu dan kami, dan mendengarkan setiap kata yang akan dikatakannya."

Ben mengangguk. Dia ingin percaya bahwa wanita ini dapat memberitahunya masa depannya, tapi hanya jika itu adalah masa depan yang dia inginkan. Jika tidak... maka ia lebih baik tidak mendengarnya sama sekali.

Dunstan mengetuk pintu pondok. Pintu itu berayun terbuka.

"Masuk," kata sebuah suara dari dalam.

Dunstan masuk lebih dulu, dan Ben masuk paling akhir, sambil menutup pintu di belakangnya. Butuh beberapa saat bagi matanya untuk menyesuaikan diri dengan kegelapan di dalam, tetapi ketika matanya mulai menyesuaikan diri, dia terkesiap.

Pondok itu dibangun di lereng tebing, menghadap ke danau yang indah, tetapi di tempat yang diharapkan Ben untuk melihat dinding belakang pondok, ternyata tidak ada dinding sama sekali. Pondok itu membentang jauh di dalam tebing, di mana ruangnya terbuka ke ruang singgasana yang layak untuk Ratu Victoria sendiri. Di bagian belakang aula panjang ini, di atas mimbar yang diterangi obor yang menyala biru, seorang wanita berbaju hitam duduk di atas singgasana. Baru ketika mereka mendekati kaki mimbar, Ben menyadari bahwa singgasana itu tidak terbuat dari emas atau perak, tetapi terbuat dari kayu apung seputih tulang dan anyaman rumput laut. Mahkota Ratu sangat serasi dengan singgasananya, sarang paku kayu apung putih yang ditenun bersama rumput laut, yang bersinar menakutkan di atas rambutnya yang hitam.

Dunstan membungkuk rendah, memberi isyarat kepada yang lain untuk melakukan hal yang sama. "Terima kasih telah menemui kami, Yang Mulia. Ibu kami, Marisa Muir, sebelum menikah dengan ayah kami, Alan Stone, dan menjadi Marisa Stone, berpesan kepada kami untuk mengunjungi Yang Mulia sebelum kami meninggalkan rumah kami. Dia membawa saya kepada Anda bertahun-tahun yang lalu, sebelum saya pergi melaut, dan sekarang setelah dia pergi, saya membawa saudara-saudara saya kepada Anda, menjelang keberangkatan kami ke Koloni Sungai Angsa. Kami hanya menanyakan satu pertanyaan, seperti yang diwasiatkan oleh ibu kami: bagaimana masa depan kami?"

Sang Ratu bergeser dari kursinya, mencondongkan tubuhnya ke depan sambil membuat gerakan angkuh dengan tangannya. "Berdirilah. Ini bukan istana Inggris, di mana membungkuk dan mencakar diharapkan. Rakyatku berdiri tegak, seperti laki-laki pada umumnya, dan meskipun kalian bukan kelpies, jika kalian adalah putra sejati Marisa Muir, maka hati kalian bersama rakyatku. Jadi, katakan padaku, Torstan Stone... apakah kau memiliki hati seorang kelpie?"

Ketika Torstan tidak menjawab, dia menoleh ke arah Ben. "Ben muda, bagaimana denganmu? Apakah kamu memiliki hati seperti seekor kelpie?"

Ben membasahi bibirnya. "Saya belum pernah bertemu dengan seekor kelpie sebelumnya, dan saya tidak mengenalnya dengan cukup baik untuk mengetahui rahasia hati mereka. Sejujurnya, saya bahkan tidak yakin saya mengenal hati saya sendiri, karena hati saya ingin menarik saya ke berbagai arah sekaligus."

Sang Ratu menganggguk. "Jadi begitu, namun masa depanmu lebih jelas daripada kedua saudaramu. Tahukah kamu bahwa ibumu telah berjasa besar padaku?"

Ben menggelengkan kepalanya. Mungkin saudara-saudaranya pernah mendengar cerita itu dari Ibu, tapi dia masih terlalu kecil untuk mengingatnya.

"Ketika saya masih menjadi seorang istri muda, bertahun-tahun yang lalu, suami saya memukuli saya, menuduh saya mandul. Suatu hari, dia memukuli saya dengan sangat parah, saya pikir saya akan mati, dan dia membawa tubuh saya ke tepi teluk, sebagai persembahan untuk ikan-ikan kelp, karena saya sudah tidak berguna lagi, atau begitulah katanya. Marisa, yang saat itu masih kecil, mendengar perkelahian itu dan melihat dia meninggalkan rumah dengan apa yang dia pikir adalah mayat saya, dan dia mengikutinya. Dia bersembunyi di semak-semak sampai dia meninggalkan saya, dan ketika dia menemukan bahwa saya masih hidup, dia merawat luka-luka saya. Saat itu adalah malam musim panas, sama seperti malam sebelumnya, dengan bulan yang terang di langit. Saya telah mendengar cerita tentang kelpies, dan bagaimana mereka menyukai rasa daging manusia, dan saya mendesaknya berulang kali untuk meninggalkan saya pada takdirku, untuk menyelamatkan dirinya sendiri.

"Tapi Marisa tidak pernah pergi.

"Sebelum fajar menyingsing, mereka datang, tanpa suara meluncur dari air, campuran kuda dan manusia, atau begitulah yang saya pikirkan. Aku terdiam ketakutan, tetapi ibumu berdiri, melipat tangannya di dadanya, dan menceritakan apa yang telah terjadi padaku. Bagaimana suami saya memukuli saya dan meninggalkan saya untuk mati, atau dimangsa.

"Kemudian dia mengeluarkan tantangannya. Dia bertanya kepada mereka apakah mereka adalah binatang buas, yang melakukan perintah para lelaki kasar yang akan melakukan hal ini kepada seorang wanita, atau apakah mereka adalah pelindung, lebih dari pria, yang akan melihat keadilan ditegakkan?"

Sang Ratu tertawa, sedikit bergoyang di atas singgasananya mengingat kenangan itu.

Kemudian dia melanjutkan, "Baru kemudian saya mengetahui bahwa salah satu kelpies kuda adalah kakaknya, seorang pria yang saya pikir saya kenal sepanjang hidup saya, dan mereka tidak berniat untuk menyakitinya atau saya. Pernahkah Anda mendengar kisah-kisah tentang ikan kelpies, Ben Stone?"

"Mereka adalah kuda air yang hidup di teluk, yang bisa berbentuk manusia atau kuda, untuk merayu para gadis masuk ke dalam air dan melahapnya, dan hanya menyisakan isi perutnya di pantai," kata Ben. "Setidaknya, itulah yang dikatakan dalam cerita."

Sang Ratu mengangguk. "Ah, cerita-cerita yang diceritakan manusia. Jangan pergi ke teluk, atau ikan-ikan kelpinya akan memakanmu. Tapi para wanita yang mengenal mereka, yang mengetahui rahasia hati mereka, menceritakan kisah yang berbeda. Kisah yang diceritakan dalam kegelapan, dan kesakitan, dan hanya kepada mereka yang perlu tahu. Wanita seperti saya malam itu di pantai. Perempuan yang ingin menghilang, agar tidak ada orang yang datang mencari, atau menyakiti mereka lagi. Sementara mereka menjalani hidup mereka dengan suami kelpie pilihan mereka, dilindungi dan disayangi, sebagaimana mestinya."

"Apakah itu yang Anda lakukan?" Ben bertanya.

"Ben!" Dunstan mendesis.

"Eh, Yang Mulia," tambah Ben sambil menundukkan kepalanya.

"Tidak, Ben, saya tidak menghilang. Sebaliknya, suamiku yang hilang. Dalam perjalanan pulang dari kedai minuman, dia tersandung ke teluk dan tenggelam. Mayatnya terdampar di pantai yang sama dengan tempat dia meninggalkan saya, dan saya menjadi janda, dan pemilik ladang di tepi teluk. Namun aku tidak lama menjadi janda, karena aku telah menarik perhatian Raja Kelpies, dan dia pun menarik perhatianku. Dan apa yang almarhum suami saya akan merasa ngeri mengetahui, jika dia tahu, bahwa ketika saya pulih dari pemukulan terakhir, berbulan-bulan setelah kematiannya, karena tulang-tulang membutuhkan waktu untuk sembuh... adalah bahwa saya dapat melihat masa depan. Penglihatan tentang apa yang akan datang, jika Anda terus mengikuti jalan yang sama. Dan itulah mengapa mereka menamai saya ratu mereka, meskipun raja yang saya cintai tidak lagi menjadi raja, dan seorang kelpie baru mengenakan mahkotanya sekarang, sebagaimana mestinya."

"Saya turut berduka cita atas kehilangan Anda, Yang Mulia," kata Dunstan lirih.

Sang Ratu tertawa. "Mahkota raja tidak akan hilang. Kebanyakan raja tidak memakainya selama lebih dari beberapa tahun, sebelum mereka mengadakan pemilihan raja baru untuk meneruskannya. Menjadi raja adalah beban yang berat, dan saya tidak ingin memikulnya. Suami saya mengundurkan diri pada hari mereka menobatkan saya, dan kami tidak pernah menyesali satu hari pun bersama. Kami juga masih memiliki banyak hari yang akan datang."

Dunstan berkedip. Untuk kali ini, dia tampak kehilangan kata-kata.

Ben berdeham. "Jadi apa rahasia di dalam hati seekor kelpie, Yang Mulia?"

Sang Ratu tersenyum padanya. "Cinta. Keinginan untuk melindungi, memelihara semua yang kita sayangi. Dan jika kalian benar-benar putra Marisa, maka kalian memiliki hatinya. Hati seekor kelpie. Pelindung, kalian bertiga, yang akan mencintai dengan penuh semangat dan melakukan semua yang harus kalian lakukan untuk wanita yang kalian cintai."

Pamela. Dia akan bisa melindungi Pamela dari kreditur jahat ayahnya. Ben menghela napas lega.

"Apakah Anda ingin tahu bagaimana masa depan Anda, Ben Stone?" tanya Ratu, seolah-olah dia telah mendengar pikirannya. Mungkin memang benar.

"Ya, Yang Mulia," jawabnya. Dia berharap dia tidak akan menyesal.

"Kalau begitu, dengarkan baik-baik."

Dua Puluh

Jalan tercepat untuk keluar dari rumah adalah melalui pintu masuk pedagang, di bagian bawah tangga pelayan, dan ke sanalah Pamela pergi, berlari melewati dapur, melewati Nyonya Jewkes yang terkejut, sebelum melemparkan pintu dan terbang ke luar menuju malam. Melintasi kebun sayur, melewati gerbang kebun, lalu keluar menuju lapangan tempat kuda-kuda menghabiskan hari-harinya. Rumput berembun berderak di bawah sandal malamnya, membasahi sepatu dan kaus kakinya, tapi dia tetap berlari.

Saat mendekati jalan setapak di puncak tebing yang mengarah ke Kelp Cottage, Pamela berharap ia membawa lentera. Jatuh dari tebing ke bebatuan di bawahnya mungkin lebih baik daripada nasib yang dipikirkan Brandon untuknya, tetapi Pamela bukanlah pahlawan wanita dalam kisah roman gotik - dia lebih suka hidup daripada menemui akhir yang tragis.

Jalan di depan tiba-tiba berkilau di bawah sinar rembulan, saat bola hantu itu muncul di antara awan tipis untuk menerangi jalannya. Tepi tebing lebih dekat dari yang dia kira. Beberapa langkah lagi dan dia mungkin akan terjatuh. Dia melambat, memilih jalan dengan hati-hati di sepanjang jalan setapak, sampai dia melihat pertigaan yang mengarah ke pantai. Di sini, di lereng tebing, turunannya lebih gelap, dan pergelangan kakinya hampir tersandung bebatuan yang tak terlihat, namun ia berhasil mencapai pantai. Tidak ada jalan setapak yang bisa diikuti, hanya jalan lebar yang merupakan pantai berbatu, yang dibatasi oleh tebing-tebing gelap di satu sisi dan ombak yang berkilauan karena sinar bulan di sisi lain.

Kelp Cottage tampak seperti monster yang meringkuk di tanjung di ujung pantai, dan ia harus bergegas menaiki jalan setapak yang curam untuk mencapainya. Ia mengira ia mendengar suara kain robek saat roknya tersangkut di sesuatu, tetapi pakaiannya tidak penting lagi, karena ia terus mendaki ke tempat aman yang dijanjikan Ben.

Meskipun ia tidak mempercayai Brandon, atau bahkan ayahnya, ia tahu bahwa ia dapat mengandalkan Ben. Dia telah memberikan janjinya, dan tidak ada orang terhormat yang mengingkari janjinya. Dia akan aman. Dia sudah berjanji.

Jendela pondok itu gelap, tetapi pintunya terbuka dengan mudah saat ia menyentuhnya. Kegelapan menguap di hadapannya, bahkan tanpa api untuk menerangi jalan, tetapi malam itu terlalu hangat untuk membutuhkan apa pun kecuali api unggun kecil, dan Ben telah mengaku kepadanya sejak lama bahwa karena dia dan kakaknya tidak bisa memasak, mereka membeli makanan dari penginapan di kota.

Di situlah mereka pasti berada sekarang, dia memutuskan, sambil menutup pintu di belakangnya. Makan malam di kedai, merayakan pekerjaan yang telah diselesaikan dengan baik, sebelum pulang ke rumah untuk tidur.

Selubung tipis cahaya bulan masuk melalui jendela yang berkerak garam, menguraikan sebuah kotak putih di atas perapian, di samping kandil. Pamela masuk untuk melihat lebih dekat. Lucifer! Dia belum pernah melihat korek api Lucifer sejak ibunya masih hidup. Ibunya bersikeras bahwa itu adalah cara yang paling anggun untuk menyalakan api, lebih baik daripada mempertaruhkan tangan dan kuku dengan batu api dan bara api, sebelum bersungut-sungut dan berlutut seperti seorang kafir asing di hadapan dewa api unggun.

Dengan tangan gemetar, Pamela mengeluarkan korek api dan menggoreskannya di sepanjang sisi, seperti yang dilakukan ibunya dalam ingatannya.

Butuh beberapa kali percobaan sebelum percikan api itu tertangkap, dan nyala api menyala, tetapi saat ia menyentuhkannya ke sumbu lilin, ia mendapatkan cahaya yang cukup terang untuk dilihat.

Dia sendirian. Lentera yang menurut Ben biasanya tergantung di atas meja sudah tidak ada, kemungkinan untuk menerangi jalan mereka ke dan dari kedai. Mereka akan segera kembali, karena saat itu pasti sudah mendekati tengah malam, jika tidak lebih.

Sementara itu, dia akan menunggu.

Pamela merebahkan diri di kursi, tiba-tiba merasa lebih lelah dari yang ia sadari. Jika dia memejamkan matanya sejenak...

Dia tersentak bangun, lehernya sakit. Bagaimana...? Oh, dia tertidur di salah satu kursi keras di pondok. Dia tidak mungkin tertidur lebih dari beberapa saat, karena lilinnya baru saja padam, tetapi jika para pria itu membutuhkan waktu lebih lama lagi, dia tidak akan bisa bertahan di kursi itu. Tempat tidurnya memberi isyarat.

Dia bangkit, terhuyung-huyung beberapa langkah sebelum kakinya yang kaku terbangun, dan menuju pintu. Sebaiknya ia menutup pintu, jika ia ingin tidur. Orang-orang akan tahu ada yang tidak beres saat mereka tiba di rumah dan mendapati pintu mereka terkunci, dan mereka pasti akan mengetuk pintu dengan keras untuk membangunkannya. Dia meletakkan lilin di jendela, sehingga mereka tahu ada orang di dalam. Ada.

Merasa aman di tempat perlindungannya yang kecil, Pamela berjalan dengan susah payah ke tempat tidur. Ketika dia duduk, jerami berderak di kasur di bawahnya. Dia tertawa pelan. Dia belum pernah tidur di atas kasur jerami sebelumnya. Ia melepaskan sepatu dan kaus kakinya yang basah, lalu memutuskan untuk menambahkan gaun malam dan korsetnya ke dalam tumpukan kecil pakaian di kursi. Di balik selimut itu, tak seorang pun akan melihat bahwa ia hanya mengenakan baju tidur.

Tetapi tidur tidak kunjung datang. Bahkan ketika saudara-saudaranya kembali, apa yang harus dia lakukan? Dia tidak bisa kembali ke rumah, jika ayahnya bermaksud memberikannya kepada Brandon. Namun, jika ayahnya tidak menyerahkannya, dia akan pergi ke penjara untuk melunasi hutangnya.

Cahaya bulan kembali menerobos masuk melalui jendela, dan mendarat di sebuah buku yang terletak di atas meja. Panduan Emigran. Tentu saja! Dia bisa pergi bersama Ben dan saudara-saudaranya ke Koloni Sungai Angsa, dan mungkin menemukan keberuntungannya di sana. Dia membaca buku tentang gadis-gadis yang berpakaian seperti anak laki-laki untuk menyamar dan berpetualang. Dia hanya perlu...

Memakai celana panjang yang ketat sehingga semua orang bisa melihat kaki dan pergelangan kakinya? Tidak mungkin! Itu hampir sama buruknya dengan telanjang. Tidak, dia tidak akan pernah memiliki keberanian untuk berpakaian seperti pria. Selain itu, payudaranya akan memberikannya. Tidak ada yang bisa disembunyikan.

Apa yang dikatakan ayahnya? Sesuatu tentang bagaimana dia akan aman bahkan di belantara California jika dia menikah. Di Swan River Colony, tempat yang aman untuk membesarkan keluarga...

Dia harus meminta Ben untuk menikahinya. Ayahnya mungkin keberatan, tapi dia sudah kehilangan semua harapan untuk mengendalikan nasibnya saat dia setuju untuk memberikannya kepada Brandon. Jadi, persetan dengan ayahnya, atau paling tidak, penjara pengutang. Bahkan jika Ben keberatan, mereka bisa berpura-pura menganggapnya sebagai istrinya, asalkan dia mau membawanya. Ya. Dia akan pergi ke Swan River Colony, dan dia bersama Ben dan saudara-saudaranya akan membangun masa depan bersama. Jauh dari Kastil Burke dan utang-utangnya, serta tangan Brandon yang kejam. Mungkin mereka bahkan akan menemukan emas, dan kekayaan mereka akan bertambah.

Masa depan bersinar terang di mata pikirannya.

Kemudian, dengan menghela napas panjang, ia pun tertidur sambil menunggu Ben dan saudara-saudaranya kembali, agar mereka bisa bersama-sama mewujudkan visinya.

Dua Puluh Satu

Sang Ratu menatap Ben dengan tajam. "Ben Stone, suatu hari di masa depan yang jauh, Anda akan hidup bahagia sebagai seorang seniman, berbagi pondok yang menghadap ke laut dengan kekasih pewaris Anda. Namun, antara sekarang dan nanti, Anda akan menghadapi banyak cobaan dalam perjalanan menuju akhir yang bahagia ini. Semua mungkin tampak hilang, dan begitu gelap sehingga Anda tidak dapat melihat jalan Anda menuju cahaya di sisi lain, tetapi jika Anda tetap berada di jalur Anda saat ini, sesuai dengan hati Anda, masa depan yang cerah menanti Anda di rumah Anda di seberang lautan."

Dia menoleh ke arah Torstan. "Torstan Stone, nasibmu sama seperti saudaramu Dunstan, yang tidak pernah goyah sejak pertama kali Marisa membawanya kepadaku. Kalian berdua akan menemukan kekasih kalian di belahan dunia lain, di seberang lautan. Kalian juga harus bekerja keras untuk menemukan kebahagiaan yang saya lihat di masa depan kalian, jika kalian tetap berpegang teguh pada hati kalian."

Tatapannya menyapu mereka bertiga. "Aku melihat sekilas kilauan emas di masa depan kalian, kalian semua, tetapi penglihatan itu belum jelas, jadi mungkin tidak akan terjadi. Begitulah sifat dari karunia saya. Yang saya tahu adalah bahwa ada banyak konflik di sekitar emas itu, dan kalian harus berjuang, berjuang untuk satu sama lain, dan para wanita yang kalian cintai, bahkan untuk sebuah harapan untuk melihat emas ini."

"Terima kasih, Yang Mulia," kata Dunstan sambil membungkuk rendah.

Ben berjuang keras untuk mengendalikan pikirannya yang berputar-putar, saat ia menirukan Dunstan.

Dia akan menikahi Pamela, dan mereka akan bahagia bersama. Dia akan bisa bekerja sebagai seniman, dan bukan sebagai tukang batu atau petani. Itu lebih baik daripada yang dia harapkan. Dan emas... jika Ratu benar, mereka bahkan mungkin akan menemukan emas. Masa depan yang begitu cerah, dia hampir bisa melihatnya sendiri. Dia tidak sabar untuk pulang ke Kelp Cottage, untuk memberitahu Pamela.

Dia tidak ingat bagaimana perjalanan panjang kembali ke perahu, atau bagaimana dia mengambil giliran mendayung untuk mendayung perahu kecil mereka pulang. Matahari telah berada di atas titik tertinggi di siang hari dan mulai menuruni langit sore menuju peristirahatan senjanya di laut ketika mereka akhirnya tiba di Kelp Cottage.

Saudara-saudaranya menuju pintu, tetapi Ben berbalik, menuju jalan setapak yang mengarah ke Kastil Burke. Pamela. Dia harus memberitahu Pamela.

Dia mendapati jalannya dihalangi oleh tiga orang. Salah satunya ia kenali sebagai polisi paroki. Yang kedua adalah pandai besi desa yang dengan mudah dua kali lebih besar dari Ben atau salah satu dari saudara laki-lakinya, dan pria ketiga yang dia pikir mungkin bekerja di kedai minuman.

"Siapa di antara kalian yang merupakan Stone bersaudara?" tanya polisi itu.

Ben menyeringai. "Yah, kita semua. Kita bertiga adalah Stone bersaudara. Dunstan, Torstan dan aku - Ben Stone."

"Kalau begitu, kalian bertiga ditangkap. Anda harus ikut dengan kami."

Torstan melangkah ke sisi Ben. "Pasti ada beberapa kesalahan. Kami tukang batu, kami baru saja menyelesaikan proyek bangunan besar untuk Sir William Burke, di Kastil Burke. Tanyakan padanya. Dia akan menjamin kami. Kami tidak melakukan kejahatan."

Polisi itu menggelengkan kepalanya. "Itu urusan hakim untuk memutuskan. Anda harus ikut dengan kami."

"Tapi biarkan saya berbicara dengan Sir William. Dia akan menjamin kami, saya akan mempertaruhkan nyawa saya untuk itu," kata Ben.

"Sir William adalah orang yang memanggil saya, meminta penangkapan Anda. Sekarang, ikutlah dengan kami, karena Anda sudah cukup bermasalah, dan Anda tidak ingin menambah tuduhan menolak penangkapan di atas tuduhan lainnya."

Kakak beradik itu saling bertukar pandang. Pilihan apa yang mereka miliki?

"Kami akan ikut dengan Anda," kata Dunstan.

Ben menatap penuh kerinduan ke arah jalan menuju Kastil Burke dan Pamela. Segalanya akan berjalan lancar, seperti yang dikatakan Ratu Kelpies, tapi pertama-tama dia harus melewati cobaan pertama ini.

Semua akan baik-baik saja, dia bersumpah, seperti yang dikatakan Ratu. Dia tahu itu di dalam hatinya.

Ingin membaca lebih lanjut?

Buku berikutnya dalam seri ini adalah

Rantai yang Putus

yang bisa Anda dapatkan DI SINI: https://demelzacarlton.com/romansa-gargoyle-pelindung/

Tentang Penulis

Demelza Carlton selalu menyukai lautan, tetapi pada perjalanan snorkeling pertamanya, ia merasa takut dengan ikan.

Sejak saat itu, ia berenang bersama singa laut, hiu, dan teripang, serta berdiri di tebing yang basah kuyup di atas lautan yang mendidih saat gelombang topan setinggi tujuh meter menerjang dan menghancurkan sebuah kapal karam di bawahnya.

Demelza sekarang tinggal di Perth, Australia Barat, ibu kota serangan hiu di dunia.

Serial Ocean's Gift adalah karya fiksi pertamanya, yang kemudian disusul dengan trilogi Nightmares yang menegangkan. Dia bersumpah serial Mel Goes to Hell menyergapnya di kereta api yang penuh sesak dan tidak akan meninggalkannya sendirian.

Ingin tahu lebih banyak? Cari tahu lebih lanjut tentang buku-buku Demelza di situs webnya, Demelza Carlton's Place di: https://demelzacarlton.com/

www.ingramcontent.com/pod-product-compliance
Lightning Source LLC
LaVergne TN
LVHW010929051026
849532LV00003B/899
9798232167790